Fábio Yabu

A última Princesa

Ilustrações:
Matheus Lopes Castro

4ª edição

Galera
RIO DE JANEIRO

2023

CIP-BRASIL. CATALOGAÇÃO-NA-FONTE
SINDICATO NACIONAL DOS EDITORES DE LIVROS, RJ

Yabu, Fábio, 1979-

Y11u   A última princesa / Fábio Yabu ; [ilustrações de Matheus Lopes Castro].
4. ed.   – 4. ed. - Rio de Janeiro : Galera, 2023.

     ISBN 978-85-0109-450-6
     1. Literatura infantojuvenil. I. Castro, Matheus Lopes. II. Título.

11-7072   CDD: 028.5
                          CDU: 087.5

Ilustrações de miolo e capa: Matheus Lopes Castro
Composição do miolo: Mari Taboada

Créditos das fotografias do encarte: Primeira, 2ª, 3ª, 5ª, 6ª, 7ª, 8ª, 9ª, 10ª e
11ª imagem - Museu Imperial/Ibram/MinC. • Quarta imagem – Arquivo Nacional,
sob notação: microfilme 003.0/1976 PDF 11591160. • Décima segunda e
13ª imagens – Associação de Amigos Museu Aeroespacial (AMAERO).

Direitos exclusivos de edição reservados pela
EDITORA RECORD LTDA.
Rua Argentina, 171 - Rio de Janeiro, RJ - 20921-380 - Tel.: (21)2585-2000.

Impresso no Brasil
ISBN 978-85-0109-450-6

Seja um leitor preferencial Record.
Cadastre-se no site www.record.com.br e receba informações
sobre nossos lançamentos e nossas promoções.

Atendimento e venda direta ao leitor:
sac@record.com.br

Este livro foi composto na tipografia Berkeley e Stuyvesant
e impresso em papel off-white, no Sistema Digital Instante
Duplex da Divisão Gráfica da Distribuidora Record

Para Gica e Luna.
Meu reino.

Há muito, muito tempo, numa terra distante, vivia a Última Princesa.

Ela era muito elegante, inteligente e educada. Vivia rodeada de riquezas, mas, diferente das princesas dos contos de fadas, vestia trajes simples e gostava de sujar as mãos de terra para cuidar de seu jardim. E, como todas as outras pessoas, princesas ou não, ela amava a liberdade.

A Princesa não estava à espera de seu Príncipe Encantado. Já o havia encontrado fazia muitos anos, e morava com ele num castelo de quatro andares, tão majestoso que ocultava todo o horizonte. Os cômodos eram decorados com a mais fina tapeçaria; os corredores iluminados por lustres banhados a ouro; e as paredes, cobertas por telas de pintores imortais.

Ainda mais belo que o castelo era o jardim, com fontes, canais e parterres que formavam magníficos mosaicos verdes quando vistos de cima. E bem no centro, rodeado por arbustos frutíferos e flores exóticas, ficava seu lugar favorito: o Palácio de Cristal.

Era uma construção graciosa, sem moradores nem hóspedes, cujo único propósito era abrigar uma vasta plantação de camélias e, com suas paredes transparentes, protegê-la das chuvas e do vento sem privá-la do calor do sol.

Aquela terra era um lugar justo, repleto de paz e prosperidade.

Mas, mesmo com tudo aquilo, a Última Princesa não era feliz. Pois o enorme castelo, o lindo jardim, o Palácio de Cristal e as camélias não eram seu lar. Eram a sua prisão.

Ela havia sido banida de seu próprio reino.

1

Era uma vez o mais belo de todos os reinos. Um lugar encantado, habitado por animais lendários e povos da floresta, com montanhas flutuantes, nuvens que choviam cachoeiras e rios de águas infinitas.

Essa Terra de Maravilhas era domínio do mais improvável dos governantes: um curioso rei-menino que amava os livros. Sozinho em sua grandiosa biblioteca particular, o jovem monarca encontrava aconchego e passava as tardes, deixando-se levar pelas histórias de mundos e épocas distantes. Entre uma leitura e outra, inventava suas próprias aventuras e escrevia sonetos que eram pequenas obras-primas.

Mesmo cercado por tesouros e todos os livros com que poderia sonhar, o rei-menino teve uma infância trágica. Com pouco mais de um ano de idade ele perdeu a mãe, que levou no ventre seu irmão mais novo. Aos cinco, foi abandonado pelo pai – que lhe deu um beijo na testa enquanto ainda dormia, e partiu para lutar sua última guerra.

Na manhã seguinte, o menino acordou e encontrou aos pés de sua cama a coroa do pai. Depois daquele dia, eles só se falariam através de cartas. A saudade que sentia era tão dilacerante que, em uma delas, ele implorou ao pai que lhe enviasse uma simples mecha de cabelo. O pedido nunca foi atendido.

O menino foi então coroado, e teve que deixar de ser criança, para se tornar um rei. Jogado no mundo dos adultos, obrigado a compreendê-los e governá-los, viu-se rodeado de pessoas com todos os tipos de intenções. Desde guerreiros que haviam sido companheiros de seu pai até outros como o Barão – um dos mercadores mais antigos do reino, cujos poderes rivalizavam com os seus, e que alguns diziam ter parte com o oculto.

Mas o rei-menino não se deixou levar pelas más influências. Pelo contrário: possuidor de nobres virtudes, guiado por tutores selecionados pelo pai antes de partir, o pequeno impressionava a todos com sua sabedoria e vontade de aprender.

Os anos voaram. O menino tornou-se um homem e conquistou a admiração e o carinho de seu povo. Na juventude, ele conheceu uma artista graciosa, herdeira de um reino distante. Amante das artes, ela criava os mosaicos mais magníficos de que se tinha notícia.

Os dois jovens logo se apaixonaram e, para a felicidade de todos, em pouco tempo se casaram e tiveram um lindo bebê.

Um menino forte e saudável, que, como toda criança, era uma promessa de mudança e renovação. Ao pegar seu Príncipe nos braços, o Rei chorou as lágrimas que um homem só chora uma vez na vida. Lembrou-se da ausência do pai, da infância que havia sido tomada de si, e prometeu ao filho que jamais o abandonaria.

Um ano depois, o casal real recebeu uma segunda bênção: uma linda menina, que seria a última princesa daquele reino encantado.

Uma princesa cuja história seria marcada por aventuras e grandes provações. A começar pelo duro fardo de herdar a coroa, na tarde em que o céu enegreceu anunciando a morte do irmão, com apenas dois anos de idade, para o absoluto desespero do Rei e da Rainha.

2

Banida para sempre naquele reino distante, a Princesa tentava levar uma vida normal. Caminhava todas as manhãs pelas ruas, bosques e jardins sempre muito bem-cuidados. Fazia compras, conversava com as pessoas nas vendas, até cultivava algumas amizades. Mas lembrava-se de que aquele não era seu lugar quando, vez por outra, ouvia vozes femininas cochichando no idioma local:

— Olha lá, aquela estrangeira não é a "Princesa"?

— Só se for lá no reino dela, aqui ela não é princesa de nada!

Fingia não entender aquelas palavras, que a machucavam mais do que as moças poderiam imaginar. Pois bastava uma menção a seu reino para que seus olhos claros, outrora tão sorridentes, se enchessem de lágrimas.

Ao lembrar-se do lar, ela sempre se imaginava fugindo. Correndo como o vento, subindo a bordo de uma carruagem ou galopando um cavalo veloz... só para chegar até o mar e descobrir que ele representava as grades de sua prisão.

Seu castelo repleto de cômodos sem moradores a fazia se sentir ainda mais solitária. A única companhia era a de seu Príncipe Encantado, outrora um grande guerreiro, mas agora um general sem soldados. Ele era a única pessoa com quem a Princesa podia dividir seus anseios:

— Eu quero voltar para casa — voltou a lhe confessar durante um café da manhã.

— Aqui é a nossa casa — respondeu o Príncipe, apático.

— Mas não é o nosso lar.

— Já falamos sobre isso milhares e milhares de vezes, minha amada. Por que voltar, depois de tudo que passamos para ter o que temos? Um belo castelo, um bem-cuidado jardim, as camélias que você tanto ama. Temos a vida com a qual muitos sonhariam.

— Não é a vida que sonhei para mim. Eu abriria mão de tudo para...

— Por favor, não torne as coisas mais difíceis do que já são. Eu sei que deseja voltar, mas não se esqueça de tudo o que aconteceu em nosso reino depois que chegamos aqui. Você deveria fazer como eu e aceitar seu destino.

Ela não queria. Mas, resignada, preferiu se calar.

Sem novidades, seus dias e noites se intercalavam tediosamente. E a Princesa fazia de tudo para tornar sua estada ali mais agradável, mais parecida com a vida que tinha antes.

Ela mesma cuidava das refeições. Tinha poucos serviçais, que eram tão bem-tratados que cuidavam do castelo melhor do que de suas próprias casas.

No jardim, podava as plantas, arrancava ervas daninhas e cultivava o solo. No Palácio de Cristal, lustrava as paredes transparentes até que elas se tornassem quase invisíveis. Também cuidava de suas camélias e frequentemente lhes recitava os sonetos de seu pai.

Do Rei ela herdou a curiosidade e o gosto pelo conhecimento. Na enorme biblioteca que mantinha no quarto andar, estudava assuntos que muitos julgariam exclusivos dos homens: astronomia, engenharia e, seu tópico favorito, química. Outras vezes, lia com sua voz melodiosa os escritos em seu idioma natal, tentando sentir nos lábios um gostinho de casa.

Foi em um desses dias de estudo compenetrado que seu mundo mudou. Começou quando o Príncipe interrompeu sua leitura para fazer um anúncio:

— Princesa?

— Sim, meu querido? — respondeu, sem tirar os olhos de um livro largo como uma gaveta.

— Aquele seu amigo... o inventor, está aqui — anunciou o Príncipe, a contragosto.

A Princesa fechou o livro sem nem marcar a página e desceu os degraus, correndo.

3

O irmão mais velho da Princesa, que desde o nascimento fora uma criança saudável, foi levado por terríveis convulsões quando ainda balbuciava suas primeiras palavras.

Para desespero dos pais, dias depois a Princesa foi acometida pela mesma doença misteriosa. Médico ou feiticeiro, ninguém conseguia conter as convulsões que também atingiam a menina. Foi quando chegou de viagem um dos amigos mais antigos do Rei, o Conselheiro.

Ele era um dos homens mais sábios do reino, que já havia viajado por todo o mundo. Depois de uma longa peregrinação, descobrira numa terra distante um tesouro magnífico: uma medalha capaz de proteger seu portador contra doenças e acidentes. A princípio, a joia seria dada ao Rei como prova de lealdade, mas ela foi logo entregue à Princesa, que se curou milagrosamente. Desde aquele dia, a medalha mágica nunca mais deixou seu pescoço.

O Rei e a Rainha puderam respirar aliviados, mesmo que ainda chorassem pela morte do Príncipe herdeiro.

Aos poucos, encontraram forças para levar a vida adiante. E a Princesa ganhou uma linda irmãzinha caçula, que viria a ser sua melhor amiga e confidente durante a juventude.

Traumatizados para sempre pela perda do Príncipe, os pais cercaram as irmãs de todos os cuidados e carinhos. Mantinham-nas sob constante vigilância, e só permitiam que elas saíssem do castelo ou recebessem visitas aos domingos.

Também faziam de tudo para agradá-las. Um dia ganharam um presente inesquecível ao acordar pela manhã: do lado de fora do castelo havia um esplêndido jardim, repleto de plantas raras, decorado com adornos de puro ouro, mosaicos de conchas e pérolas, todos feitos a mão pela própria Rainha. E ainda mais valiosa que os adornos era uma frondosa jabuticabeira, tão carregada de suas deliciosas frutinhas pretas que mal se podia ver o tronco por baixo.

O Jardim das Princesas, como foi batizado, tornou-se o lugar onde as duas irmãs passaram mais tempo juntas durante a infância. Lá, viviam conversando e trocando confidências, comendo jabuticabas, estudando, descansando e reinando sobre mundos imaginários.

Para ajudá-las a cuidar do jardim, havia à sua disposição oito serviçais particulares, que ainda lavavam suas roupas, lhes davam banho e serviam suas refeições.

Um desses serviçais era um jovem e talentoso jardineiro chamado Gamba, de quem a Princesa se tornou uma grande amiga. Com ele a herdeira aprendeu a amar as plantas e a cultivar a terra, sem nojo de sujar de esterco as mãos ou o vestido. Ele também lhe ensinou a admirar a beleza e o suave aroma das camélias, que se tornariam uma das grandes paixões de sua vida.

Um dia, a Princesa reparou que, enquanto podava uma camélia, o jardineiro recolhia as folhas que caíam e as guardava no bolso de sua calça surrada. Curiosa, lhe perguntou a razão, e ele contou que as folhas podiam ser usadas para fazer um delicioso chá.

A descrição de Gamba atiçou o interesse da menina, e ele resolveu ensiná-la a preparar aquele chá. Juntos, colheram algumas das folhas mais frescas e, em seguida, colocaram-nas para secar ao sol por dois dias até que ficassem fininhas e quebradiças.

No terceiro dia, Gamba recolheu as folhas, juntou-as num saco de pano e levou-as até a cozinha do castelo, acompanhado pela Princesa.

Lá, o jardineiro pegou um punhado de folhas e, com aquelas mãos que poderiam domar uma fera, espremeu-as até elas se tornarem pouco mais que farelo. Olhou para a Princesa, sorrindo. Ela sorriu de volta.

Em seguida, Gamba acendeu a lenha de um caldeirãozinho cheio d'água. Quando começou a borbulhar, jogou as folhas esfareladas, e logo um aroma suave perfumou o ar... pouco antes de a Princesa levar o maior susto de sua vida.

O Barão invadiu a cozinha, furioso, gri-

tando que era inapropriado para a filha do rei e herdeira do trono ficar sozinha com alguém como Gamba, que ele considerava inferior a um animal.

Ainda que fosse muito menor e mais fraco, o Barão agarrou o rapaz pelo braço e o puxou para longe do caldeirãozinho. Nisso, o jardineiro se desequilibrou e caiu sobre uma cadeira, que se espatifou. Enquanto o Barão vociferava xingamentos horríveis, panelas e utensílios voavam pelo ar, querendo fugir dali.

Em meio àquela cena caótica, a pequena Princesa começou a chorar e tremer de medo. Aos berros, o Barão lhes disse que tinham muita sorte, porque não contaria nada ao Rei. Ele ordenou que a menina voltasse aos seus aposentos. Sem entender nada, ela deixou o local aos prantos e subiu as escadas correndo, tropeçando na própria saia.

Gamba ficou a sós com o Barão. A porta da cozinha fechou-se num estrondo, sem que ninguém a tocasse. A Princesa jamais soube o que aconteceu depois.

No dia seguinte, ela voltou a encontrar Gamba no jardim. Por mais que insistisse, ele não disse uma só palavra.

4

—lberto, seja muito bem-vindo!

No exílio, a Princesa vivia aflita por notícias de seu reino natal. Sem poder escrever ou receber cartas, a única maneira que tinha de saber o que acontecia por lá era por meio de um amigo, que vez por outra vinha visitá-la:

— Majestade — Alberto respondeu formalmente —, que prazer imenso revê-la! — sorriu, erguendo seu elegante chapéu-panamá. Mesmo sendo amigos há anos, os dois cumprimentavam-se sem abraços nem toques.

Alberto era famoso por ser um excêntrico inventor. Em sua imaginação, nasciam máquinas com as quais poucos escritores ousariam sonhar. Sua fama ultrapassava fronteiras, mas, apesar do reconhecimento, ele era muito discreto.

Não gostava do fato de ser tão baixinho a ponto de ser confundido com uma criança. Por isso, cultivava um espesso e milimetricamente aparado bigode. Desenhava suas próprias roupas e nelas lançava mão de todos os artifícios da moda para disfarçar sua estatura. Só vestia ternos escuros e com listras verticais, camisas de colarinho alto que esticavam o pescoço, calçados de salto e um inseparável chapéu-panamá.

— Deixe-me pendurar sua bolsa — disse a Princesa, referindo-se à pequena mala de mensageiro que Alberto trazia cruzada em seu peito sobre a gravata vermelho flamejante.

— Não precisa se incomodar, majestade. Viajo sempre leve! — e manteve a bolsa consigo.

— Você chegou agora? Onde está o resto de sua bagagem?

— Tudo de que eu preciso está aqui! — sorriu Alberto, dando dois tapinhas na bolsa. E quando fez isso, a Princesa pensou ter ouvido o cacarejo de uma galinha.

— E o Príncipe, onde está? — perguntou o inventor.

— Ele está descansando em seus aposentos... por favor, perdoe-o por mais essa indelicadeza. Você sabe o quanto ele é reservado.

— Hã... naturalmente.

Educado por uma das famílias mais ricas da corte, Alberto era muito gentil, e sempre levava generosos presentes em suas visitas. E a Princesa adorava quando ele trazia lembranças de seu reino, a exemplo daquele saquinho de pano que ele tirou da bolsa, carregado com um conteúdo de valor inestimável:

— Alberto! Você trouxe!

— Conforme o prometido! — sorriu o amigo.

Apressada, a Princesa desamarrou o embrulho e, sem se importar com a etiqueta, tirou de dentro dele uma enorme pérola negra. Ergueu-a contra a luz e observou a superfície impecavelmente polida refletindo os vitrais coloridos das janelas.

— Nunca vi tamanha perfeição!

Enfim, colocou-a entre os dentes, emitindo um som que não escutava havia muitas estações: póc.

— Ah... que jabuticaba deliciosa, Alberto! – disse, sorrindo de olhos fechados. – Parece até que voltei ao nosso reino...

— O vendedor me disse que a safra deste ano está excelente! – respondeu Alberto.

— Queria tanto plantá-las aqui... mas, infelizmente, o clima deste reino não é muito propício para que floresçam... – lamentou a Princesa, segurando entre os dedos a casca estourada com a semente dentro.

— Hummm, eu acho que poderia inventar uma máquina de jabuticabas! Uma... – ele pensou por um instante no nome – jabuticabeira, o que acha?

A Princesa riu.

— Essa máquina, essa "jabuticabeira", já existe, Alberto. Foi criada pela mais sábia das inventoras, a mãe-natureza!

— Ah, já? Que pena... – respondeu Alberto. – E como anda a vida, alteza? – perguntou, tentando mudar de assunto.

— Creio que esteja tudo bem... na medida do possível. Tenho me dedicado aos estudos, embora seja difícil aprender algo quando se tem o coração em outro lugar – suspirou. – E você, Alberto? Como vai? Sabe a quantas anda o nosso reino?

— Creio que esteja tudo bem... na medida

do possível! – riu. – Na verdade, não tenho ficado muito tempo lá. Minhas invenções me têm feito viajar muito. Aliás, por falar nelas, trago grandes novidades!

A Princesa ficou curiosa:

– Que novidades, Alberto?

– Permita-me!

O inventor abriu a bolsa e enfiou o braço inteiro lá dentro, lembrando um mágico e sua cartola. Mexeu para lá e para cá, enquanto seus olhos preocupados miravam o teto.

– Oh, não... será possível que eu tenha me esquecido?

Alberto continuou fuçando a bolsa, emitindo o som de latas sendo remexidas. Enfiou o braço ainda mais fundo, e finalmente tirou de lá de dentro um enorme pergaminho enrolado, que media quase a sua altura.

– Ahá! Aqui está, sabia que tinha pego antes de sair de casa.

Sem a menor cerimônia, Alberto se dirigiu a um enorme piano de cauda que a Princesa tinha na sala. Fechou-o, fazendo suas cordas vibrarem, e, sobre ele, abriu seu pergaminho.

– O que você está inventando desta vez, Alberto? – perguntou a Princesa, enquanto explodia outra jabuticaba entre os dentes.

– Olhe com atenção – desafiou o amigo.

O papel estava repleto de riscos, desenhos e cálculos que só olhos treinados conseguiriam decifrar. Neles a Princesa pensou ter identificado o esqueleto de um pássaro.

Alberto sorriu. Com o polegar e o indicador, alisou o bigode – algo que fazia quando estava orgulhoso – e declarou, sem modéstia:

– Isso, Princesa, é a mais maravilhosa de todas as invenções! É meu sonho que se realiza. Permita-me apresentar-lhe... a Ave de Rapina!

Os olhos da Princesa brilharam mais que as jabuticabas.

5

O pai da Princesa não era um Rei como os outros. Desde os tempos de rei-menino, "o Magnânimo", como era conhecido, sempre preferira o conhecimento ao poder. No castelo, ele era muito mais visitado por pintores e cientistas que por barões, duques ou viscondes.

Com sua fortuna, ele poderia visitar qualquer lugar que desejasse, mas só conhecia o mundo através dos livros. Devido às suas obrigações, nunca pôde sair do Reino. A única maneira de aplacar sua curiosidade era enviar aos sete mares, a florestas secretas e até mesmo terras congeladas, aventureiros em busca de obras de arte e cidades perdidas.

Mas a mais importante dessas buscas não foi por um tesouro. Ao completar sete anos, a Princesa iniciaria uma vida inteira de estudos que a preparariam para assumir o trono quando adulta.

O Rei precisava de um tutor à altura daquela tarefa. E, de todo o reino, vieram centenas de candidatos, dispostos a dividir com o monarca e sua esposa a responsabilidade de educar suas duas filhas. Mas depois de entrevistar um por um, o exigente Rei não encontrou ninguém que considerasse digno.

Sem alternativas, ele ordenou que seus exploradores buscassem ao redor do mundo o sábio mais virtuoso que pudessem encontrar, alguém cuja inteligência rivalizasse com a sua. Depois de muito buscar, os exploradores não voltaram com um homem, mas com uma mulher: uma condessa, jovem e rebelde, de olhos negros e penetrantes, dona de uma irretocável beleza que – disseram – enciumou a própria Rainha.

A princípio, a condessa não quis aceitar o cargo, mas assim que conheceu as filhas do Rei encantou-se por elas. Bastaram algumas horas de convivência para que então ganhasse o carinhoso apelido de "Madrinha". E ela retribuiu, passando a chamar a Princesa de "camaradinha" e a caçula de "amiguinha do peito". Mais que uma simples tutora, a Madrinha tornou-se amiga e confidente das irmãs, e deu um novo colorido à vidinha monótona que levavam.

Com a escolha feita, a Madrinha se mudou para o castelo, e as aulas particulares começaram. Com o pai, as meninas aprendiam política, literatura e poesia. Com a mãe, a arte da pintura e do piano. E com a Madrinha, tinham aulas de matemática, geometria, idiomas, botânica, astronomia, física e química, a matéria favorita da Princesa.

Em meio a tantos livros e estudos, a Princesa ainda encontrava tempo para exercer outra vocação: o teatro. A "camaradinha" e a "amiguinha do peito" ficavam horas encenando suas próprias histórias ou reinventando os livros que o pai lia para elas antes de dormir. Às vezes, até a Madrinha entrava na brincadeira, e partiu dela a ideia de encenar uma peça para toda a corte.

As meninas se sentiram inseguras quanto ao desafio. Afinal, nunca haviam se apresentado em público, e tiveram medo de que rissem delas, ou de que ninguém fosse aparecer. Mal sabiam que não tinham com o que se preocupar: a pedido da Madrinha, o Rei ordenara que todos na corte, nobres e serviçais, estivessem presentes.

Depois de semanas de ensaios, chegou o dia do espetáculo. No Jardim das Princesas, foi montado um tablado completo, com cortinas e piso de madeira, cercado por fileiras de cadeiras brancas.

Mesmo sob o sol escaldante, que fazia até a grama estalar, a "casa" lotou rapidamente. Na primeira fila estavam os melhores lugares, onde se sentaram o Rei, a Rainha e a Madrinha. Atrás, estavam os outros nobres, todos em seus melhores trajes. Os homens, de grossos paletós, enxugavam o suor com lenços. As mulheres, de pomposos vestidos, se abanavam com seus chapéus, leques ou o que estivesse à mão, e uma senhora com uma sombrinha teve que fechá-la depois dos protestos da fileira de trás. E lá no fundo, na última fileira, estavam os únicos que não sofriam com o calor: os serviçais, em seus trajes modestos e frescos.

Espiando por trás da cortina do palco, a Princesa viu que apenas dois assentos estavam vagos, e se perguntou de quem seriam.

Logo, uma corneta soou anunciando o início da peça. Dois serviçais ergueram as cortinas, e a pequena Princesa surgiu no palco, vestindo um chapéu e roupas de corsária. Aos seus pés, uma fina seda azul decorada com conchas e brilhantes começou a se agitar, e era tão parecida com o oceano que muitos espectadores juraram ouvir gaivotas e sentir a maresia, trazida por uma brisa refrescante.

A caçula surgiu numa nau dotada de imponentes velas agarradas ao vento. Seguidas por uma infinidade de outras embarcações, as aventureiras filhas do Rei partiram em direção a um mundo desconhecido, e reviveram no palco as peripécias de seus ancestrais.

A aventura marinha das meninas foi tão emocionante que até fez o público se esquecer do calor. Ao final do espetáculo, elas se curvaram e todos se levantaram para aplaudi-las. Lágrimas despontavam nos olhos do Rei e da Rainha, enquanto os serviçais jogavam pétalas de flores solicitadas pela Madrinha. Enquanto as cortinas se fechavam, a Princesa olhou agradecida para os rostos de cada um dos espectadores e finalmente deu falta de seu amigo Gamba.

No dia seguinte, ela voltou a encontrar o jardineiro podando algumas mudas em frente ao castelo. Correu para lhe contar sobre sua apresentação, mas, como num sonho, ela não conseguia olhar para seu rosto, porque ele sempre desviava. Foi quando reparou que a camisa dele não estava úmida apenas pelo suor, mas pelo mesmo vermelho vivo que tentava esconder em seu rosto.

E ela perguntou o que havia acontecido, onde ele havia se machucado, quem havia feito aquilo com ele. Como resposta, o jardineiro apenas balançou a cabeça.

De repente, Gamba se abaixou, tentando se esconder atrás do arbusto que podava. Abaixou a cabeça enquanto seu corpo tremia. A Princesa olhou para a direção oposta e viu o Barão erguendo o chapéu para os guardas enquanto entrava no castelo.

Ela se lembrou do episódio da cozinha, meses antes. Lembrou-se da reação e das terríveis palavras do Barão. E a pequena Princesa enfim percebeu por que nem o amigo jardineiro nem o Barão estavam na apresentação no dia anterior.

Gamba não era seu serviçal.

Era seu escravo.

6

—*A*lberto... esse desenho me lembra os grandes pássaros de nosso reino. Por acaso isso é mesmo o que eu estou pensando? – perguntou a Princesa.

Sobre seu piano, estava aquele enorme pergaminho com um belíssimo desenho a lápis. Ela nunca havia visto nada parecido. Tantos detalhes, cálculos e fórmulas matemáticas – ou seriam feitiços? – aglomerados em volta de uma máquina semelhante a uma ave.

O inventor, orgulhoso, já tinha seu discurso pronto.

– Princesa, a Ave de Rapina é a mais ambiciosa de todas as minhas criações. Trata-se de uma máquina voadora capaz de vencer os elementos e cruzar o oceano infinito. Com ela, eu navegarei pelo ar e levarei vossa alteza de volta ao nosso Reino, onde poderá retomar o trono que é seu por direito.

Enquanto Alberto falava, a mente da Princesa já havia ido e voltado ao reino diversas vezes:

— Você quer navegar pelo céu numa máquina mais pesada que o ar? Tem certeza de que é possível?

— Ora, mas todos os seres que voam são mais pesados que o ar.

— Outros já tentaram...

Nada podia abalar a confiança do inventor:

— Sei que muitos tentaram antes de mim. Mas como a Ave de Rapina, ninguém fez igual.

Os dedos da Princesa acariciavam o fino papel do pergaminho. Seu coração já estava decolando, mas sua mente ainda precisava de provas:

— E como ela funciona?

— Bem, eu não sei se a Princesa...

— Alberto, esqueceu-se de quem eu sou? Tive aulas com meu próprio pai, "o Magnânimo". Acha que eu não seria capaz de entender como a sua máquina funciona? — riu, contrariada.

— Perdoe-me, Princesa, eu não quis subestimá-la. Só não estou acostumado a esse tipo de questionamento... e quando tento me explicar, as pessoas me olham como se eu fosse louco.

A Princesa sorriu. Talvez elas estivessem certas, pensou.

— Bem, o funcionamento da Ave de Rapina é de uma lógica elementar: o homem voa? — perguntou, retórico.

— Não — respondeu a Princesa, entrando naquele jogo. — Só o pássaro voa.

— Precisamente! Portanto, se o homem quiser voar, terá que imitar o pássaro. Um pato, por exemplo. Como ele, a máquina segue os princípios da...

— Aerodinâmica — a Princesa sentiu-se subestimada outra vez. — Contudo, um objeto com todo esse peso precisará de um enorme empuxo para sair do solo... – ela apontava detalhes na planta, demonstrando que dominava bem aquele assunto, para a surpresa de Alberto.

O inventor ficou muito empolgado por ter uma conversa daquele nível. De sua bolsa, tirou uns óculos dourados, com várias lentes que se sobrepunham, semelhante às engrenagens de um relógio. Olhou o desenho de perto e desatou a falar:

– Creio que tenha razão, Princesa! De fato, o motor da ave precisará de uma grande propulsão para gerar o empuxo necessário... ou então...

Ele olhou para cima, fez algumas contas com os dedos.

– E se...

A Princesa pretendia dar uma sugestão, mas Alberto não parou para escutar:

– Já sei! E se eu neutralizasse parte do peso com um balão, colocado acima das asas? Tenho certeza de que funcionaria! – disse, rabiscando um círculo que quase rasgou o fino papel do pergaminho.

– Um balão, desse tamanho, em cima de sua máquina? Mas e o arrasto gerado por ele?

– Deixe-me pensar... o arrasto poderá reduzir muito a velocidade, tem razão... – ele fez novas contas com os dedos – Já sei, ele será compensado pelo formato aerodinâmico das asas! Veja!

Alberto rabiscou algumas linhas reforçando o contorno das asas, e setas apontando para cima, tentando com seus traços simples romper as leis da física.

Conforme o inventor explicava os detalhes da máquina, a Princesa ia se permitindo sonhar. Em meio a tantos rabiscos e cálculos, ela viu a possibilidade real de escapar de seu aprisionamento.

— Alberto, você é mesmo um gênio.

— Há quem diga que o gênio é uma grande paciência — ele respondeu, com uma modéstia incomum.

— Gostaria muito que meu pai visse a Ave de Rapina um dia...

— Tenho certeza de que ele seria o primeiro a pilotá-la, até mesmo antes de mim! — riu Alberto. — Nada mais justo, já que ele inspirou a mim e a tantos outros pensadores.

A Princesa deixou escorrer uma lágrima.

— Ele a verá. Um dia, ele a verá. — Alberto tirou um lenço da bolsa e lhe entregou.

7

---

epois de encontrar Gamba ferido no jardim, a Princesa procurou sua Madrinha, e exigiu que ela lhe dissesse o que havia ocorrido.

A Madrinha confirmou aquilo que a "camaradinha" já sabia: Gamba não era um simples jardineiro, mas um escravo. No dia da apresentação teatral, ele havia aproveitado a distração proporcionada pela peça para fugir. Mas o plano foi frustrado pelo Barão, que, além de ter impedido a fuga, castigou-o de um modo que ela nem sequer ousaria imaginar.

Gamba não era o único. Além dele e de seus outros sete serviçais, eram 103, só no castelo. Havia muito mais escravos espalhados pelo reino: nas ruas, nas casas, no comércio, nas fazendas.

Capturados em sua terra natal, os escravos eram arrancados de suas famílias e obrigados a trabalhar no reino da Princesa. Se tentavam fugir, eram espancados; caso se revoltassem contra seus donos, eram mortos.

Ela que sempre se sentira tão afortunada por ser uma princesa e viver uma vida de luxos, agora se enxergava vivendo numa farsa, proporcionada graças ao trabalho forçado de pessoas como Gamba.

Como o Rei permitia uma coisa daquelas? Como ele, que durante as aulas tanto falava sobre igualdade e justiça, podia manter escravos em seu poder? A decepção com o pai foi tamanha que os sorrisos e abraços sumiram de repente. Nas aulas, ela se limitava a escutar e responder por meio de monossílabos. As palavras continuaram a rarear, até desaparecerem e restar só um grande vazio entre os dois.

O Rei insistiu que ela lhe dissesse o que havia de errado, e sua única resposta foi aquele silêncio que tanto a machucava.

Por fim, a Princesa se trancou em seu quarto, e só saía de lá de vez em quando para fazer suas refeições, evitando a todo custo encontrar o pai.

Ela passou a comer cada vez menos. Não apenas por falta de apetite, mas porque sempre separava em segredo uma boa porção para levar a Gamba. O jardineiro aceitava de bom grado, já que, em sua condição de escravo, só tinha direito a comer três alimentos: feijão, banana e mandioca.

A Madrinha era a única pessoa com quem a Princesa falava sobre aquele assunto. Quando foi questionada sobre o fato de o Rei não fazer nada a respeito, ela disse que a "camaradinha" teria de perguntar isso a ele.

Após alguns dias de dúvidas e silêncio, ela tomou coragem e foi conversar com o pai. O Rei estava reunido com nobres na sala do trono, quando viu a filha parada em frente à porta. Prontamente, mandou que todos saíssem.

Ela permaneceu ali parada, e entre o trono e a porta parecia ter-se criado um abismo intransponível.

Sem que lhe restassem palavras, o Rei desceu do trono e caminhou até a Princesa. Pegou-a pela mão, ela resistiu, mas depois que ele a puxou de leve, deixou-se levar, ainda em silêncio. Fizeram o caminho de volta, sentaram-se ao pé do trono e ele finalmente a pegou no colo, depois de muitos dias de separação.

A Princesa encostou o ouvido no peito do pai, sentindo a longa barba tocar sua testa. Devargazinho, o choro abriu-se tal qual uma torneira, ecoando dor e alívio. Vieram soluços que se alternavam com sílabas pesadas, nas quais a Princesa dizia o quanto estava triste com o pai, que ela sempre achou que fosse um herói, mas agora mais parecia um vilão.

Desabafou que preferia mil vezes ter uma plateia vazia a interpretar sua peça para pessoas que estavam ali à força. Quão injusto era que Gamba e seus serviçais – ou escravos – fossem maltratados, condenados a uma vida na prisão sem que jamais tivessem cometido crime algum. Quem perpetrava o verdadeiro crime era o Rei, concluiu a Princesa, antes que as palavras fossem levadas por um choro torrencial.

O Rei nada disse. Ao enxugar os olhos, a Princesa viu que ele também chorava, em silêncio. O pai olhou para a filha e apenas concordou com a cabeça, antes de se ajoelhar, abraçá-la e balbuciar "eu sei, eu sei".

Aos prantos, o Rei contou que, assim como ela, desejava um mundo sem escravos desde o dia em que descobriu que eles existiam. Mas naquele Reino havia forças poderosas, como o Barão e seus aliados, que controlavam as fazendas, os alimentos e as especiarias, e, por consequência, o povo.

Se fosse pelo Rei, o povo escreveria sua própria história, decidiria seu próprio destino, enquanto ele sairia pelo mundo em busca de aventura e conhecimento.

Mas ele não podia. Era tão escravo quanto os outros, preso não por grilhões, mas pela coroa que nem sequer lhe permitia fazer o que era certo.

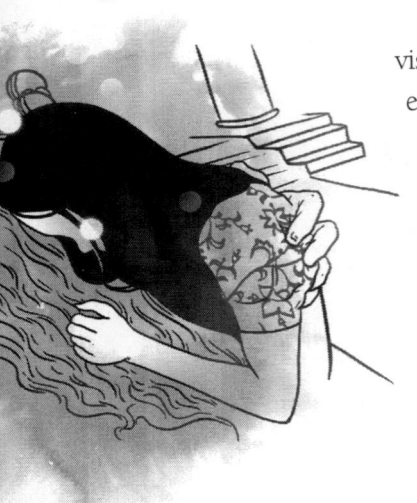

E a Princesa, que nunca havia visto o pai chorar, percebeu que o estava machucando ainda mais. Era sua vez de pedir desculpas e, com um abraço que os uniu para sempre, pai e filha prometeram que a escravidão acabaria. Um dia.

Naquela tarde, eles só queriam ficar juntos.

8

—

Alberto, não gostaria de ficar para o jantar? – perguntou a Princesa, ao se dar conta de que as horas haviam voado.

– Não seria muito incômodo, Princesa? O Príncipe...

– O Príncipe precisa conversar com outras pessoas, estamos muito isolados aqui neste castelo. Tenho certeza de que ele apreciará sua companhia!

Nos tempos de general, o marido da Princesa fora muito poderoso e respeitado. Depois do banimento, não tinha muitos amigos, em parte por não fazer questão. Quando eram visitados por Alberto, ele preferia ficar em seu quarto, lendo, a descer para cumprimentá-lo.

A Princesa se dirigiu até o cômodo. Assim que abriu a porta, o marido perguntou:

– Ele já foi?

– Não, meu amado. Na verdade, convidei Alberto para jantar conosco. Temos muitas coisas a conversar! – respondeu a Princesa, entusiasmada. – Não gostaria de descer para lhe fazer companhia, enquanto eu preparo nossa refeição?

O marido tentou disfarçar seu desconforto:

– Temo que não seja possível, minha amada... tenho muitos afazeres.

A Princesa não quis insistir, e desceu para a cozinha.

– Tudo bem, meu querido. Tenho certeza de que ele vai entender. Eu avisarei quando a mesa estiver servida.

Enquanto isso, Alberto ficou sozinho no salão do castelo, observando os quadros nas paredes. Reconheceu muitos dos rostos pintados ali. Sentiu uma certa resignação ao lembrar-se do que o destino reservara a cada um.

Um dos quadros em destaque tinha moldura redonda, banhada a ouro. Trazia a Princesa, ainda criança, sentada com a irmã caçula atrás de si, com a mão em seu ombro. As duas tinham o cabelo dividido ao meio, com tranças presas por laços e vestidinhos azuis, idênticos. As idades eram tão próximas que as duas pareciam gêmeas.

O quadro ao lado mostrava a mãe da Princesa, de quem ela herdara o gosto e o talento para a pintura. Ainda de coroa, a Rainha aparecia em uma composição irônica: trajava um exuberante vestido azul e tinha o olhar sereno, enquanto atrás de si um vulcão estava em plena erupção.

Outro quadro trazia a Madrinha, sobre um fundo escuro, que só fazia brilhar ainda mais a sua lendária beleza. Tinha os traços delicados, o rosto fino, olhos negros e misteriosos que por um instante hipnotizaram o inventor.

E num outro, estava o Rei, figura que Alberto mais admirava. Sentado numa velha poltrona, o monarca parecia cansado, já sem os trajes reais. A longa barba branca ocultava parte de seu rosto e destacava ainda mais o olhar triste.

O inventor suspirou, quando ouviu a Princesa chamar.

— A mesa está servida.

Ele se dirigiu à sala de jantar, onde sua anfitriã o aguardava. As paredes eram cobertas por bandeiras de vários reinos – homenagens aos reis que haviam passado por ali. A longa mesa era decorada com frutas, flores em vasos de porcelana azul e candelabros prateados.

— Queira se sentar, Alberto. O Príncipe já vai descer.

— Obrigado, alteza.

O convidado contou lugares para 24 pessoas – onze de cada lado e duas nas pontas. Certa vez, ouviu dizer que quando se está hospedado na casa de um rei, o visitante deve se sentar a cada dia numa cadeira diferente, começando pela última, do lado oposto da porta, até chegar à primeira. Esse é o sinal, não muito sutil, de que chegou a hora de partir.

Não teve coragem de perguntar se a lenda era verdadeira. Já que só estava ali de passagem, sentou-se na primeira cadeira.

Em seguida, chegou o Príncipe, vestindo trajes de gala e a espada embainhada.

Alberto levantou-se e estendeu a mão para cumprimentá-lo:

— Príncipe, que prazer em revê...

Sua mão só tocou o ar. O Príncipe apenas acenou com a cabeça, sentou-se à mesa e amarrou o guardanapo de pano ao pescoço.

— Tenho fome.

A Princesa, empolgada, descobria o jantar:

— Pois eu preparei seu prato favorito, meu Príncipe.

— Pato com laranja... muito obrigado, minha amada — ele respondeu, já com os talheres em punho, numa ternura que Alberto até o momento desconhecia.

Ela servia o marido enquanto contava as boas-novas:

— Meu amado, Alberto veio de nosso reino com grandes novidades!

— Humm — respondeu, indiferente. — Mais um pedaço da carne, por favor.

— Ele inventou uma máquina maravilhosa!

— Não me diga...

— Sim, ela se chama "Ave de Rapina". Com ela, nós poderemos atravessar o oceano infinito e voltar para casa — ela mal podia conter a emoção — navegando pelo ar, igualzinho aos pássaros! Não é incrível?

A expressão do Príncipe mudou de repente, e ele encarou Alberto com um olhar reprovador. Pegou o garfo e a faca, cortou um pedaço da carne como se quisesse matar o pobre pato pela segunda vez.

— Uma... máquina voadora?

Com o guardanapo de pano, Alberto enxugou uma gota de suor gelado que queria fugir de sua testa:

— Bom, na verdade, é só um protótipo que...

— Ora, Alberto, não seja tão modesto! Você é um dos inventores mais brilhantes que o mundo já conheceu. Tenho certeza de que a Ave de Rapina será bem-sucedida! — reforçou a Princesa.

Ao perceber o incômodo que o assunto gerava para o Príncipe, Alberto tentou desconversar, mas acabou traído por suas palavras:

— Aham, e como está a vida aqui no exílio, quer dizer, no... castelo?

— Muito boa — disse o Príncipe, sem desviar o olhar de sua refeição.

— Imagino que vossa majestade tenha muito tempo livre e... hã...

Dessa vez, o Príncipe ergueu os olhos e fixou-os nos de Alberto, dizendo de boca cheia:

— Sim, é verdade. Tenho tempo de sobra. Todavia, ele é muito bem aproveitado. De uns tempos para cá, tenho me dedicado à esgrima e à caça — disse, girando a faca no ar, na direção do convidado.

Novamente, o inventor gelou. Com um sorriso amarelo, resolveu olhar para as paredes e contar quantas bandeiras haviam ali, e ficou assim até o final da refeição.

Depois daquele estranho jantar, o Príncipe pôs a mão sobre a da Princesa:

— Minha amada, já é tarde. Você deve estar cansada depois de um dia de tantas emoções. Por que não vai se deitar?

– Tem razão, meu Príncipe – respondeu, segurando um bocejo. – Você pode acompanhar nossa visita até a porta?

– Será um prazer – seus olhos fitaram os do inventor.

A Princesa subiu as escadas. Alberto quis aproveitar a deixa para ir embora, mas, ao se levantar, o Príncipe novamente lhe dirigiu a palavra:

– Meu caro Alberto, é desnecessário dizer o quanto eu o respeito como inventor e amigo da Princesa.

– Hã... desnecessário mesmo, caro Príncipe. Quer dizer...

O ex-general não havia terminado:

– Contudo, tenho a obrigação de zelar pelo bem-estar de minha esposa, que se encontra numa situação muito fragilizada depois de tudo o que passamos.

Ele prosseguiu, colocando a mão sobre a espada:

– Quero que guarde bem essas palavras. Se por sua causa ela derrubar uma só lágrima, ou sofrer um só arranhão, pode ter certeza de uma coisa: não haverá invenção no mundo capaz de poupá-lo da fúria de minha lâmina.

Alberto engoliu em seco, ergueu o chapéu-panamá educadamente e deixou o castelo.

9

Vivendo praticamente isolada do mundo, em meio a tantas aulas com os pais e a Madrinha, a pequena Princesa nem percebeu a passagem dos anos.

A infância se foi num instante. Ela e a irmã viraram moças, enquanto longos fios brancos começavam a se espalhar pela barba do Rei. Estava chegando o dia de transmitir a coroa à Princesa, mas, de acordo com a lei, ela só poderia governar depois que se casasse.

Logo, surgiram dezenas de pretendentes, dispostos a se digladiar até a morte pelas duas filhas do monarca. Guerreiros, feiticeiros, nobres e comerciantes das mais diversas linhagens, prometiam tesouros, amor e devoção eternos. Entretanto, assim como fora na escolha de um tutor, as exigências do pai fizeram com que a seleção terminasse sem vencedores.

Então, ele novamente enviou seus exploradores mundo afora, em busca de candidatos à altura das filhas. Depois de muito tempo, eles retornaram com dois primos de sangue azul, vindos de uma poderosa família que governava um reino distante.

Impressionado com seus feitos e satisfeito com o caráter dos primos, o Rei escolheu o que se casaria com cada filha. Chamou as duas ao salão real, onde foram apresentadas aos futuros maridos.

À Princesa, foi prometido o mais jovem dos dois, um Duque. Era magro, tinha os olhos claros, ombros largos e traços marcantes como os de uma escultura. O que mais chamava a atenção nele era um sorriso cintilante, que fazia as moças suspirarem.

E à caçula, restou o outro: um General mais velho, baixinho, de olhos caídos, nariz avantajado e sobrancelhas ralas. Para completar, tinha um sotaque carregado e era surdo de um ouvido.

O que o Rei jamais poderia imaginar é que uma filha acabou se encantando pelo noivo da outra. A caçula se derretera pelo sorriso do Duque, enquanto a Princesa enxergou além da beleza física e apaixonou-se pela nobreza do General.

Acanhadas, as duas irmãs sussurraram no ouvido do pai que desejavam trocar seus noivos. E ele riu ao perceber que fora tão somente um instrumento nas mãos daqueles amores predestinados. A troca foi feita e os casamentos, marcados.

A Princesa descobriu que tinha grandes afinidades com o General – que, a partir daquele dia, virou seu Príncipe Encantado. Ele também adorava estudar novos idiomas e tocar piano. Ela o ensinou a admirar as plantas, e ele a contou o que havia no mundo além dos limites do reino.

A paixão foi tão avassaladora que a Princesa passou a anotar num diário todas as pequenas alegrias que tinham juntos. A primeira conversa, o primeiro jantar, o primeiro passeio pelo jardim, o primeiro beijo. E eles passariam a comemorar anualmente os "aniversários" de todos os eventos.

Menos de dois meses depois de conhecer o noivo que fora prometido à irmã, a Princesa já estava se casando com ele, no dia mais claro e bonito de sua vida. O Reino inteiro virou uma grande festa: as portas e janelas das casas foram enfeitadas, as ruas foram tomadas por danças, procissões e desfiles. Reis, rainhas, magos e sábios do mundo todo vieram para testemunhar a união, alguns montados em elefantes, aves e até tapetes voadores, trazendo como presentes joias, diademas e tesouros lendários.

A celebração só terminou depois de três dias. E apesar de toda a festa e pompa, a Princesa, que sempre cultivara hábitos simples, casou-se com um modesto vestido branco de seda perolada, cujos únicos adornos eram pequenas conchas costuradas pela Rainha. A lua de mel, que poderia ter sido em qualquer lugar do mundo, foi numa casinha nas montanhas dali mesmo, escondida entre as árvores e a neblina.

E seu casamento foi lembrado durante anos a fio por dois motivos: a alegria que ele trouxe ao povo e o inusitado presente que ela pediu ao Rei: que dez escravos, incluindo Gamba e os sete que trabalhavam para ela desde criança, fossem libertados. Em segredo, ela também lhes deu todos os seus presentes de casamento.

10

—A que devo esta mesa tão bonita? – perguntou o Príncipe à esposa, ao ver uma fartura incomum em seu café da manhã.

Depois da visita de Alberto, a rotina da Princesa mudou completamente. Mais alegre e disposta, ela preparou uma vasta mesa de café da manhã, com diversos tipos de pães, bolos e frutas.

– Meu adorado. Sabe que dia é hoje?

– Creio que não – respondeu o Príncipe, servindo-se de chá.

– Hoje é o aniversário de nosso primeiro jantar.

Finalmente o Príncipe mudou seu semblante e sorriu:

– Perdão, minha amada. Como pude me esquecer? É que fazia muito tempo que não comemorávamos nada.

– É verdade. Em meio à tristeza, acabei me esquecendo das pequenas alegrias anotadas em meu diário.

– Voltou a escrever nele? – perguntou o Príncipe, sem dar muita importância.

— Sim! Desde que Alberto veio nos visitar!

O Príncipe se calou. Passou geleia numa torrada e mastigou-a com força, tentando fazer com que o barulho abafasse as palavras que a esposa estava para dizer.

— Alberto é mesmo um gênio, não?

O marido expulsou o ar que tinha nos pulmões. Inspirou novamente, mastigou outra torrada inteira, e enfim respondeu, girando o dedo no ar.

— Ou talvez seja apenas louco. Não cabe a mim dizer. Me passe o leite, por favor.

Ela encheu a xícara prontamente. Sua mente já estava a léguas distante dali:

— Estou tão empolgada... mal posso esperar para ver a Ave de Rapina pronta!

Aquela era a deixa que o Príncipe aguardava para deixar clara a sua preocupação:

— E se a máquina desse Alberto funcionar mesmo?

— Se, não, quando! Alberto é um inventor brilhante, tenho certeza de que não vai nos decepcionar!

— Talvez não. Mas me diga, o que você pretende fazer quando voltar ao nosso reino?

— Ainda não sei, são tantas coisas... Penso nisso todos os dias, sonho todas as noites... creio que primeiro gostaria de voltar ao meu antigo jardim...

O Príncipe se irritou com a esposa:

— Não é disso que estou falando. Será possível que você tenha se esquecido de tudo por que passamos? Do que houve com seus pais, com a nossa família? Se esqueceu da maldição?

Aquela palavra causou arrepios na Princesa. O marido prosseguiu:

— Mesmo que essa... essa insanidade seja possível, você nunca poderia voltar! Não há mais lugar para você lá. Para nós. O trono ficou para trás, e o povo seguiu adiante. Você deveria fazer o mesmo!

O Príncipe se levantou e saiu irritado, deixando-a sozinha com seus pensamentos.

*D*ias depois, Alberto retornou ao castelo cheio de novidades. Ele havia feito alguns ajustes na planta da Ave de Rapina, e estava ansioso para mostrá-los.

— Alteza, as invenções são o fruto de um trabalho teimoso. Depois de muitos cálculos, consegui resolver problemas que considerava insolúveis! — disse, abrindo os desenhos da máquina voadora sobre a mesa.

Ela já não reagiu com o mesmo entusiasmo de antes, e apenas concordou com a cabeça.

Agora que sabia que a Princesa entendia suas palavras, Alberto lhe explicava pormenores sobre a construção que poucos compreenderiam. Detalhou seus planos de usar as forças da aerodinâmica para tirar a máquina do solo, falou sobre falhas que havia detectado no projeto que poderiam lhe custar a vida. Mas a Princesa parecia estar em outro lugar.

— Está tudo bem? — Alberto perguntou.

— Hã... está sim, Alberto. Tudo bem.

O inventor continuou suas explicações. A Princesa começou a acariciar o desenho, procurando uma pausa na fala de Alberto para comunicar sua decisão. Foi quando ele lhe perguntou:

— Que gosto vossa alteza acha que têm as nuvens?

Ela sempre havia se perguntado aquilo durante a infância, mas, por alguma razão, um dia esqueceu-se de pensar sobre o assunto. Sorriu ao perceber que ainda não tinha a resposta.

— Não faço a menor ideia, meu amigo. Adoraria saber.

— Pois em breve vamos descobrir! Já nos imagino chegando ao nosso Reino... — Alberto ergueu a mão, com o polegar e o dedo mínimo abertos, descendo-a devagar. — Você descenderá dos céus, como uma verdadeira redentora, e retomará seu lugar como nossa governante!

A Princesa acompanhou a mão de Alberto e suspirou. Pela primeira vez em anos, ela viu uma chance de voltar para casa, e por um breve instante se permitiu esquecer de sua condição. Mas ao recordar-se da conversa com o Príncipe, logo voltou à realidade:

— Alberto, a Ave de Rapina é uma invenção maravilhosa. Só mesmo você seria capaz de criar algo assim. Por isso, peço perdão pelo que vou dizer...

— O que foi, Princesa? Viu algum erro na planta? Onde, onde? — ele já ajustava as lentes de seus óculos em busca de alguma escorregadela.

— Não, não é nada disso. A planta é perfeita, pelo menos aos meus olhos leigos. Se pudesse, eu mesma pegaria esse desenho e construiria a Ave de Rapina... mas eu não posso.

— Por que, Princesa?

A Princesa se calou por um momento, temendo suas próximas palavras, e sussurrou:

— Eu sofri uma maldição. — Seus olhos se encheram de lágrimas.

Alberto lhe estendeu um lenço. Ela encheu os pulmões de ar e prendeu a respiração para aplacar o choro, enquanto enxugava o rosto.

— Princesa, com todo o respeito, eu não acredito em maldições.

– Alberto, você sabe tudo o que aconteceu comigo e com a minha família. Minha querida irmã, meus pais, até a minha Madrinha e o Conselheiro. Ainda assim você me diz que não acredita em maldições?

– Princesa, eu sou um homem da ciência. Sei das coisas terríveis que aconteceram à sua família, todavia também sei de todas as coisas boas que fizeram em seu tempo, e pelas quais serão sempre lembrados.

– "Lembrados", Alberto? – Ela abaixou os braços, resignada. – Meu povo nem conhece a minha história, não se lembra de mim.

– Eu me lembro. Um dia, outros se lembrarão.

A Princesa se calou e voltou a acariciar os desenhos.

– Você se arrepende, Princesa?

Ela permaneceu em silêncio. Seus olhos percorreram o chão por alguns instantes, antes de encararem Alberto novamente:

– Não. É claro que não. Eu faria tudo de novo, mil vezes, se pudesse. Mas agora sou uma princesa sem trono. Mesmo que eu voltasse, isso não iria mudar. Por isso, peço que respeite a minha decisão.

Alberto suspirou ao ouvir aquelas palavras.

– Entendo, alteza. Acho uma pena, mas sendo seu servo e amigo, vejo que só me resta cumprir seus desígnios.

Com a cabeça baixa e a boca amarrada, ele enrolou os desenhos da Ave de Rapina e os guardou na bolsa. Preparou-se para partir, quando deixou escapar uma epifania:

– Sabe, Princesa... de certa forma, uma maldição é como uma invenção: para funcionar, você precisa acreditar nela.

11

A Princesa, que havia descoberto a alegria e a cumplicidade do matrimônio, testemunhou orgulhosa o casamento da irmã caçula. Apenas lamentou que não teria mais a amiga e confidente ao seu lado o tempo todo: após a união, os recém-casados passavam a maior parte do tempo viajando pelo mundo e conhecendo outros reinos.

Contudo, nem a distância nem os compromissos da vida adulta podiam romper os laços de ternura entre as duas irmãs. Por meio de longas cartas, a "camaradinha" e a "amiguinha do peito" continuaram trocando confissões e segredos, tal qual faziam no Jardim das Princesas durante a infância.

Após casar as duas filhas, o Rei sentiu que sua missão de pai e governante estava chegando ao fim. A idade começava a pesar, e ele passou a ser torturado por uma desagradável enxaqueca, que se intercalava com uma excruciante dor nas pernas que por pouco não o paralisou.

Se a idade era implacável com o monarca, ela parecia ser muito generosa com o Barão. Ostentando a mesma aparência desde que o Rei era menino, seu poder era cada vez maior, graças aos milhares de escravos que tinha em suas fazendas. E, como todo homem poderoso, ele queria mais.

Pelos corredores do castelo, ele disseminou boatos alarmantes sobre a saúde do Rei. Que seu corpo já estava cansado, que sua mente já não tinha mais a mesma agilidade.

Depois, espalhou que a Princesa jamais poderia substituí-lo. Primeiro, por ser mulher, uma vez que o poder naquele reino sempre fora exercido pelos homens. Segundo, porque quem governaria caso o rei morresse seria o marido dela, um estrangeiro. A dúvida pairou no ar e começou a se espalhar de boca em boca pelas praças, vendas e tavernas mais rápido que uma praga.

Os meses passaram e a condição do Rei não melhorou. Em nenhum lugar daquele reino havia cura para a enxaqueca nem a dor de suas pernas. Por ordens dos médicos, ele, que nunca pudera deixar o trono, teve que viajar para cuidar da saúde, deixando a filha governar em seu lugar pela primeira vez.

Durante toda a sua vida, a Princesa fora admirada e respeitada pelo povo. Mas, quando substituiu o Rei, muitos questionavam se aquela seria a hora de assumir tamanha responsabilidade – especialmente após os rumores plantados pelo Barão.

Ainda assim, ela encarou o desafio de peito aberto, determinada a cumprir o objetivo combinado com o pai anos antes: livrar aquele Reino da escravidão.

O Barão se aproximou da Princesa e alertou-a de que estava lidando com forças perigosas, profetizando que todo o Reino pagaria um preço muito alto se levasse seu plano adiante. Haveria uma guerra sangrenta entre escravos e seus donos, que espalharia fome, miséria, doença e ceifaria muitas vidas.

Em coro, vieram protestos de todos os cantos do Reino. Nobres e populares, fazendeiros e comerciantes que não queriam viver sem a mordomia proporcionada pelos escravos amotinaram-se contra a Princesa e ameaçaram iniciar uma revolta.

Temendo que irrompesse uma guerra, a filha do Rei precisou recuar, mas não estava disposta a desistir. Se ainda não podia libertar os escravos existentes, o mesmo não poderia ser dito dos que estavam por vir. Assim, determinou que todo filho de escravo que nascesse a partir daquele dia seria livre.

Mães escravas que ainda carregavam os filhos no ventre comemoraram e agradeceram à Princesa. Graças a ela, seus bebês conheceriam a liberdade que lhes havia sido negada.

Mas o Barão tinha outros planos. Ele e seus aliados seriam obrigados a cumprir a determinação – mas como a Princesa não havia especificado quando teriam que fazê-lo, eles só libertariam os filhos dos escravos uma vez que eles se tornassem adultos.

A alegria da Princesa e das mães foi rapidamente desmanchada, e ela percebeu que sua peleja seria mais longa do que havia imaginado.

Porém, o Barão não sabia que a Princesa não era a mesma menina que ele assustara anos antes, na cozinha. Ela enfim fez aquilo que achava que seu pai já deveria ter feito há tempos: afastou o nobre da corte e o expulsou do castelo.

Com o orgulho ferido, ele jurou vingança. Rogou as pragas mais terríveis à Princesa, e disse que ela também perderia algo muito precioso. Talvez tenha sido uma terrível coincidência, ou talvez ele tivesse mesmo algum poder oculto. O fato é que, logo após a expulsão do Barão, a Princesa recebeu a carta mais triste de sua vida. Nela o marido de sua irmã informava que ela acabara de morrer, vítima de uma doença repentina e fulminante.

Foi apenas a primeira de muitas perdas que a Princesa sofreria a partir de então.

12

—*M*inha amada, vou aproveitar o sol e sair para caçar – anunciou o Príncipe, numa manhã bem cedo. – Não gostaria de me acompanhar? Pode levar um livro e ler enquanto me aguarda.

– Obrigada, meu querido, mas tenho muito trabalho em meu jardim. Prefiro ficar por aqui... – respondeu a Princesa.

– Como quiser. Voltarei antes do horário do almoço.

– Tome cuidado.

Tão logo o marido deixou o castelo, a Princesa pegou suas ferramentas e desceu para o jardim. Lá, podou os ramos das flores, como aprendera muitos anos antes, com Gamba. Teve curiosidade em saber onde ele estaria – se é que ainda vivia.

– Onde quer que você esteja, Gamba... queria muito que soubesse que me tornei uma ótima jardineira – e ela sorriu.

Semanas haviam se passado desde o último encontro com Alberto. Ela ainda lamentava sua decisão, mas achava que tinha feito a coisa certa.

Lá pelo meio da manhã, um barulhinho desagradável chamou sua atenção. Um nhéc-nhéc constante, como várias cadeiras de balanço sobre um piso de madeira velho.

Pela rua central do jardim, Alberto se aproximava montado num burro e com um largo sorriso sob o bigode. Atrás de si, puxada por cordas, havia uma máquina, que lembrava um pássaro carregando uma enorme bola de couro costurado.

— Princesa! Bom dia!

— Alberto! — celebrou a Princesa. Seu entusiasmo diminuía conforme o inventor se aproximava e os detalhes de sua carga iam se revelando.

O balanço das asas era a origem do barulho que ela ouvira antes. Desajeitadas, elas batiam nas plantas do jardim, derrubando frutas e pétalas por onde passavam.

— Alberto, o que significa isto?

— Princesa... apresento-lhe, em primeira mão, o meu Pássaro do Progresso, a minha... Ave de Rapina!

Aquela não era exatamente a Ave de Rapina que a Princesa tinha imaginado. As asas, que na planta pareciam sólidas e imponentes, eram feitas de seda e madeira fina. Sobre elas havia um enorme balão, que parecia a ponto de esmagá-las com seu peso. Na frente estava o bico, que balançava e chegava até a raspar no chão.

— Mas, Alberto, eu lhe disse que não posso...

— Eu sei, Princesa! Não se preocupe, eu não vim aqui para levá-la de volta ao Reino. Quero apenas convidá-la para uma demonstração!

— Demonstração?

— Um simples passeio ao redor do palácio.

A Princesa olhou a invenção de perto.

— Tem certeza de que é segura? — perguntou, tocando as asas com os dedos, com medo de que pudessem rasgar.

— Não há nada a temer, Princesa! A Ave de Rapina é forte como uma rocha!

— Não me diga... — A Princesa reparava nas finas cordas que ligavam o balão às asas.

Alberto desamarrou o burro da máquina e verificou se o transporte não havia causado nenhum dano aparente. Encontrou alguns arranhões, em especial no bico, e um pequeno buraco na asa, que preferiu ignorar.

— Poxa, até que aguentou bem! — riu. A Princesa não achou graça.

O inventor amarrou o burro a uma árvore. Alheio a tudo, o animal começou a comer a grama, enquanto seu mestre subia na máquina e se acomodava dentro de um cesto apertado.

— Nada tema, Princesa. Trata-se apenas de um teste! — e deu alguns pulinhos dentro do cesto, que fizeram as asas balançarem com aquele nhéc-nhéc irritante.

Alberto conferia os últimos ajustes na máquina. Olhou para cima, molhou o dedo entre os lábios e o ergueu, verificando a direção do vento. Ele acariciava seu bigode sem parar, esbanjando confiança.

— Vamos?

Ela lembrou-se do Príncipe, que certamente não ficaria nada feliz com aquilo. Mas seria só um teste. Que mal poderia acontecer?

— Hã... vamos! — A Princesa subiu e entrou no cesto.

— Pronta ou não, aí vamos nós! — gritou Alberto, acionando o motor.

A filha do Rei fechou os olhos, achando que o voo seria imediato. Para sua surpresa, a Ave de Rapina pendeu para a esquerda sem sair do lugar, raspando a asa no chão. Começou a girar, traçando um círculo perfeito na areia. Ao olhar de relance para o burro amarrado à árvore, a Princesa teve a impressão de que ele ria.

— Ops! — disse Alberto.

O inventor puxou alguns fios, a asa esquerda se ergueu e voltou a ficar alinhada com a direita.

— Agora sim! Aí vamos nós! Sem medo, Princesa!

— Sem medo! Sem medo! — ela tentou se convencer.

Alberto acionou de novo o motor e, finalmente, a Ave andou em linha reta. Ela balançava desajeitada, enquanto o nhéc-nhéc se misturava a outros ruídos, mais pedra e areia, numa caótica sinfonia.

Aos poucos, a Ave de Rapina começou a acelerar. Percorreu toda a rua central do jardim, pendendo às vezes para a direita ou para a esquerda, sem se afastar um único dedo do chão.

De certa forma, a Princesa ficou aliviada e torceu para que o teste acabasse ali. Mas de repente a Ave de Rapina deu um pulinho modesto, acompanhado de um grito empolgado de Alberto.

— Upa! Segure firme, Princesa!

Logo vieram mais pulos, e a Princesa reparou no ventinho gelado que batia em seu rosto. Perguntou-se se ele já estava soprando antes.

Foi quando ela viu o Príncipe chegando a cavalo no portão à frente. O ex-general começou a acenar os braços e a gritar, mas o barulho do motor a impedia de ouvir qualquer coisa.

Mais pulinhos, mais vento, seu coração pulou junto e ela fechou os olhos.

Rezou, lembrou-se de sua família, de seu reino. De uma forma ou de outra, ela sabia que os veria novamente. Quando os trancos cessaram, a Princesa lutou para abrir os olhos e, ao conseguir, viu que não estavam mais no chão.

A Ave de Rapina tinha levantado voo.

O inventor comemorava de maneira quase infantil:

– Iupiii! Nós conseguimos, alteza! Nós conseguimos!

Se no chão a máquina de Alberto parecia desajeitada, no ar ela estava em seu lugar, sólida, invencível. As asas não faziam mais barulho, tudo o que ouviam era o vento e o motor.

A Princesa podia sentir o peso da máquina pendendo para trás, puxada pela mão invisível da gravidade, contrariada com tamanha ousadia. O chão ficava cada vez mais longe, e o Príncipe ficou tão pequeno que poderia ser ocultado pela ponta de seu polegar.

– Não se preocupe, Princesa. Quanto mais alto, mais longe do perigo. É quando se está próximo do solo que se deve desconfiar – disse Alberto, confiante.

O inventor conduziu a Ave de Rapina com cuidado. Ele não queria colocar a Princesa em risco, ainda mais depois do "recado" do Príncipe, que balançava os braços furiosamente abaixo deles.

Alberto fazia pequenos trajetos circulares, observando o comportamento das asas e do balão.

– Vê, Princesa? Parece que nós estamos parados, enquanto a terra voa lá embaixo!

– Tem razão, Alberto! Estou muito orgulhosa de você!

– Obrigado, Princesa! É muito importante para mim!

A Ave de Rapina era mesmo fabulosa, até o Príncipe reconhecera do chão. Ao ver que ela realmente funcionava, ele se permitiu relaxar um pouco e admirar aquele espetáculo único.

Alberto pegou o relógio que trazia no bolso. Havia se passado apenas um minuto desde a decolagem.

– Um minuto memorável – sorriu ele. – Mas devemos retornar imediatamente!

– Já?

– Sim, o gás do balão não deve aguentar muito...

– E é agora que você avisa?

Os dois riram. Alberto puxou as cordas, a Ave de Rapina inclinou-se para o lado, preparando-se para dar meia-volta.

– Bom, agora vem o teste definitivo, e a parte mais difícil: o pouso.

A Princesa já não sentia mais medo. Conforme a Ave de Rapina descendia, ela via o Palácio de Cristal ficar maior. Suas paredes reluzentes já refletiam a máquina quando, num instante, uma nuvem escura encobriu o sol.

Sem o calor do astro, a temperatura do gás do balão diminuiu rapidamente, fazendo com que a Ave de Rapina desse um tranco para baixo e perdesse altitude. A Princesa ouviu algo se partir.

– Alberto, o que foi esse barulho?

Uma das finas cordas que ligavam a Ave de Rapina ao balão havia se rompido. A máquina pendeu para um lado, balançando os aventureiros como frutas num cesto. Então, ela passou a rodopiar, tal qual uma pipa enroscada na outra.

– Alberto! – gritou a Princesa.

– Calma, alteza, está tudo sob controle! Eu só preciso aumentar a velocidade para...

Mas o inventor nada podia fazer com o giro incessante da máquina. Logo estariam em queda livre.

– Alberto, precisamos acelerar para nos manter...

– Não dá... o balão... é muito grande! – ele percebeu seu erro. – Não dá pra acelerar com ele!

O pior estava por vir. A Princesa agarrou com força a medalha em seu pescoço e lembrou-se de seu pai.

– Alberto! Olhe para a frente! Olhe para...

Ele olhou e, por mais que forçasse os controles, não conseguiu desviar: a Ave de Rapina se chocou contra o Palácio de Cristal. As finas paredes despedaçaram-se feito cascas de ovos, esfacelando também a frágil máquina voadora.

Os dois caíram sobre uma estufa de camélias – que ficaram destruídas por completo.

Minutos depois, a Princesa acordou. Estava fora do cesto e deitada no colo do seu Príncipe.

– Princesa! Minha Princesa! Você está bem?

Confusa, disparou palavras em três idiomas diferentes até conseguir formular uma frase:

– Eu estou bem... eu acho! O que... o que aconteceu?

– Você caiu. A máquina caiu. É um verdadeiro milagre que esteja viva.

– E Alberto? Onde... como ele está?

O inventor estava de pé, atrás do casal, cabisbaixo.

– Estou bem, Princesa. Por favor, me...

O inventor não teve tempo de pedir perdão. Num instante, o Príncipe estava de costas para ele. No outro, puxava-o pelo colarinho com a mão esquerda, enquanto desembainhava a espada com a direita, emitindo um som sibilante.

– Você se lembra do meu aviso – disse com os dentes cerrados.

– Príncipe! – gritou a Princesa. – O que está fazendo? Solte Alberto! Solte!

Ao ouvir a voz da esposa, o Príncipe respirou fundo. Puxou o colarinho de Alberto e disse pausadamente:

– Você não é mais bem-vindo aqui. Desapareça do castelo e de nossas vidas – e o empurrou para trás, com tanta força que ele deslizou até chocar as costas contra a parede.

– Me perdoe, Princesa... me perdoe – disse Alberto, que chorava petrificado, sem vontade de se defender.

A Princesa ficou chocada com a violência do marido, que continuava a fitar Alberto. Com uma lancinante dor nas costas, o inventor levantou-se e saiu dali, envergonhado demais para olhar para trás.

— Alberto, foi um acidente... — disse a Princesa, quando conseguiu falar novamente. Tentou chamá-lo de volta, em vão.

Ela então olhou à sua volta e viu o chão coberto de terra, cristal e plantas. A estufa onde a Ave de Rapina caiu começava a ser consumida pelas chamas, levando consigo as camélias mais antigas.

O corpo da Princesa não sofreu nenhum arranhão, mas por dentro ela estava tão dilacerada quanto o teto do palácio. Porque achou que nunca mais voltaria para casa... e porque amava as camélias como ninguém.

13

A morte da única irmã da Princesa, ainda tão jovem, foi um golpe devastador para toda a família real. Seus pais perdiam um filho pela segunda vez. E ela perdera de repente a companheira de toda a infância e juventude.

O Rei interrompeu seu tratamento e voltou às pressas para a família, ainda doente. E a Rainha, que nunca havia se recuperado da morte do príncipe herdeiro, caiu numa profunda depressão. Aflitos, a Princesa e seu marido voltaram as atenções para ela, enquanto o Rei relutantemente retornou ao trono.

Mas o monarca já não conseguiria mais governar como antes. Se com a doença o fardo já era pesado, com o luto ele se tornava quase insuportável. Logo decidiu que passaria a coroa à filha definitivamente – assim que a ajudasse numa derradeira missão.

Àquela altura, a Princesa já havia percebido que reinar jamais seria uma tarefa simples. Ela contou ao pai sobre sua tentativa de libertar os filhos dos escravos – e como ela foi facilmente rechaçada pelo Barão e seus seguidores. Mesmo afastado do castelo, ele ainda exercia muita influência sobre os ricos, fazendeiros e o próprio governo.

O Rei percebeu que, se quisessem enfrentá-lo, precisariam de reforços, e pediu ajuda a um velho amigo: o Conselheiro.

Com um quê de feiticeiro e cientista, o Conselheiro era um homem muito respeitado. Estudioso de culturas ancestrais, era o inventor de maravilhas mecânicas utilizadas em todo o reino.

Acima de tudo, ele era um amante da liberdade. Dedicava sua vida a ajudar e abrigar escravos fugidos. Conhecia, como ninguém, os horrores da vida em cativeiro, pois ele próprio havia sido um deles.

Apesar de não se lembrar, a Princesa devia muito àquele homem. Fora ele quem lhe dera a medalha de proteção que a salvara da morte durante a infância, e que ela nunca mais tirou do pescoço.

O Rei e a Princesa perguntaram ao Conselheiro se ele conhecia algo que pudesse acabar com a escravidão sem desencadear uma guerra. E o sábio contou que, durante uma de suas viagens, descobrira a existência de um artefato mágico que poderia tornar aquilo possível: a Pena Dourada. Mas sua localização era um mistério. Para piorar, utilizar seu poder exigia um grande sacrifício – tão grande quanto mil tronos.

14

O que foi que eu fiz? Como pude ser tão tolo? – lamentava Alberto, montado em seu burro.

Após deixar as ruínas do Palácio de Cristal, o inventor saiu a esmo pelas ruas do reino. Não tinha vontade de ir a lugar nenhum. As costas doíam terrivelmente, seu impecável colarinho estava todo amassado e ainda impregnado com o cheiro do Príncipe raivoso.

– Não acredito que errei os cálculos, e ainda coloquei a Princesa em perigo. Ela nunca mais vai querer me ver... nunca mais.

Ele rumou solitário até o rio que cortava a cidade, onde jovens faziam piquenique e trabalhadores descansavam debaixo da sombra das árvores. Ficou observando o movimento durante toda a tarde, lamentando profundamente os acontecimentos daquela manhã.

O pensamento se dispersou, perdido entre as nuvens, até que foi fisgado por uma imagem familiar. Era um menino franzino, correndo animado enquanto puxava com um fio uma caixa acima de sua cabeça – na verdade uma pipa-caixa, última febre entre os meninos que viviam ali.

Era como se o menino estivesse rebocando-a pelo ar, e não tentando empiná-la. Depois de ir e vir várias vezes, o cansaço o venceu. A tal pipa-caixa não subia de jeito nenhum.

O inventor caminhou até o menino, que, ofegante, exibia um farto bigodinho de suor. Alberto lhe estendeu um lenço, mas ele não parecia se importar.

– O que o senhor tem?

– Eu? Nada, por quê?

– Está mancando. Se machucou?

– Sim... não. Na verdade, é... uma doença. Sofro de "aerite". Não consigo ficar longe do ar – improvisou.

Ainda que não tivesse entendido, o menino se contentou com a resposta. Mas Alberto não estava interessado em falar de si:

— Sua pipa não tem inclinação. Não vai conseguir voá-la assim, caro eolista.

— Eo-o quê?

O inventor riu e pegou a pipa-caixa das mãos do menino.

— Permita-me.

Com dificuldade, sentou-se no chão. Abriu a bolsa e de lá tirou varetas novas, para substituir as da pipa do menino.

— Eolista é quem aprecia empinar pipas. Eu também sou um. Veja, as varetas e o fio precisam dar à pipa a inclinação correta, para que o vento passe por baixo e a empurre para o alto. É assim que elas voam. Entendeu?

O menino não podia responder. Estava de olhos arregalados e a boca aberta, observando a enorme aranha de cobre e madeira que saíra da bolsa de Alberto e escalava seu braço.

— O que foi? Ah, não se preocupe. Lídia é mansa.

Alberto substituiu as varetas na pipa, e a aranha saltou sobre ela.

— Não trouxe cola, mas não tem nada mais resistente na natureza do que teia de aranha, sabia? Lídia, tenha a bondade.

A aranha caminhou ao longo das varetas, espalhando sua teia diante dos olhos fascinados do menino.

Ao terminar o trabalho, Lídia saltou para o chapéu de Alberto. Ele ergueu a pipa-caixa e olhou a luz do sol atravessando-a.

— Mas ainda falta uma coisa.

Voltou a mexer na bolsa e, de lá, tirou mais algumas varetas e papel de seda. Com a ajuda de Lídia, fez alguns remendos na pipa e duplicou-a, transformando-a em duas caixas ligadas por varetas.

— Isso vai voar? — perguntou o menino. — Tem certeza?

— Tanto quanto tenho certeza de que o homem há de voar.

Ergueu aquele estranho objeto no ar, permitindo que o vento passasse entre as caixas. Como se tivesse vida, a pipa se soltou de suas mãos, voando livremente até ser fisgada pelo barbante.

— Não falei?

O menino bateu palmas ao ver aquela caixa voadora. Agarrou o barbante e saiu correndo. Não agradeceu, mas as risadas e os outros meninos que começaram a segui-lo foram a maior recompensa de Alberto.

O inventor sorriu para a pequena aranha em seu ombro. Abriu a bolsa, e ela saltou para dentro.

— Vamos para casa, Lídia. Temos muito trabalho a fazer.

15

O Barão continuava espalhando ao vento suas palavras de discórdia. Tentava a todo custo convencer o povo de que o reino só existia por causa dos escravos, que jamais poderiam ser libertados. Do contrário, quem iria trabalhar nas lavouras, nas casas e nas fábricas? Sem eles, uma violenta guerra por água e comida eclodiria.

O pânico se alastrou, garantindo a ele cada vez mais seguidores. Fazendeiros, nobres e comerciantes se alistavam em suas fileiras, dispostos a defender com unhas e dentes os escravos que consideravam sua exclusiva propriedade, da qual o Rei e sua filha queriam usurpar.

Enquanto isso, a Princesa abraçava de bom grado a missão dada pelo Conselheiro: embarcar numa jornada por todo o reino, e além dele se necessário, em busca da Pena Dourada.

Ao saber da decisão da esposa, o Príncipe se opôs. Disse-lhe que era loucura, que ela nem sequer sabia a que pássaro a pena pertencia e que, ao deixar o castelo, colocava em risco seu trono e sua própria família.

Mas a Princesa estava disposta a correr o risco. Prometeu ao marido que tudo ficaria bem, despediu-se dos pais e saiu pelo reino em sua missão.

Quis começar procurando pistas com as pessoas nas ruas. Mas quando dizia que estava atrás de um artefato mágico, não havia sábio, pescador, professor ou espírito da floresta que não a olhasse de maneira engraçada.

Ela então explicava sobre a natureza da Pena Dourada e seus poderes. E então, para sua surpresa, as reações das pessoas eram bem diferentes. Muitos ali também queriam que a escravidão tivesse fim, e se dispuseram a ajudá-la em sua busca.

Ela se lembrou de seu amigo Gamba. Perguntou-se onde ele estaria, agora que era um homem livre. Ao recordar-se das camélias que aprendera a cultivar com ele, passou a distribuí-las aos seus companheiros. A flor virou um símbolo daquela sua luta pacífica pela liberdade.

Em sua viagem pelo reino, ela viu coisas que jamais havia imaginado. Conheceu de perto a beleza de suas florestas, subiu as montanhas flutuantes e viu as nuvens que choviam cachoeiras.

Por onde passavam, a Princesa e seus aliados conversavam com centenas, depois milhares de pessoas em busca de pistas que levassem à Pena Dourada. Mas, por mais que os aliados se multiplicassem, ninguém sabia onde encontrar o artefato.

Os dias viraram meses e a busca não rendeu frutos. E nada teria acontecido se a empreitada não tivesse levado muitos e muitos anos.

Um dia, numa fazenda muito longe dos olhos da Princesa, o filho de um camponês chegou do trabalho, faminto. No bolso da camisa suada, ele portava uma camélia. Os pais perguntavam o que aquilo significava. Ficaram admirados com a resposta e passaram a usar uma também.

Em outro canto do reino, um rico comerciante mandou distribuir camélias a seus fregueses. O vendedor do lado viu e começou a fazer igual. Em algumas escolas, professores usavam as flores. Em outras, os alunos. E, em pouco tempo, até os diretores estavam usando.

Logo, as camélias estavam em toda parte. Homens as usavam nos paletós, mulheres em seus vestidos e chapéus. Crianças e animais corriam entre os bosques para sentir seu suave perfume. Um jovem presenteou a amada com uma camélia vermelha. Ela retribuiu o gesto com uma amarela.

Sem que ninguém percebesse no começo, o mundo foi mudando. Numa pequena vila, um escravo fugira da casa onde trabalhava. O dono dele chamou a polícia, mas ela se recusou a recapturá-lo. Quando soube do ocorrido, o chefe da vila recompensou os oficiais pelo bom exemplo.

Alheio a tudo aquilo, o fugitivo correu até um rio. Com a língua grudando no céu da boca de tão seca, ajoelhou-se e bebeu aquela água quente misturada com terra e lodo como se fosse uma dádiva de seus ancestrais. Não percebeu a figura que se aproximava atrás de si, segurando um longo pedaço de madeira. Ao notar a presença, virou-se assustado, já implorando piedade. E o homem, um jangadeiro, estendeu-lhe a mão e disse que, do outro lado daquele rio, todos os escravos haviam sido libertados. Ele o levaria até lá de bom grado.

Mesmo sem a palavra de um Rei ou de uma Princesa, por todo o reino correntes foram sendo quebradas por martelos. Ao ouvir aquele som por todos os lugares onde passava, a Princesa finalmente entendeu as palavras do Conselheiro. Resolveu voltar para casa, seguida por uma multidão de homens, mulheres e crianças de todas as cores.

A Princesa jamais encontrou a Pena Dourada que uniria aquele reino. Ela a ganhou de presente de um menino, filho de escravos, no momento em que chegou ao castelo.

16

—*E*stá arruinado – lamentou a Princesa, na primeira visita ao Palácio de Cristal depois do acidente.

Após aquele dia fatídico, sua vida parecia ter regredido no tempo. A melancolia tornou a fazer parte de sua rotina, e o sonho de um dia voltar para casa arrefeceu.

Ela ainda teria um longo trabalho pela frente, conforme percebeu naquela visita com o Príncipe.

– Foi um milagre termos sobrevivido – disse a Princesa ao ver o teto de cristal, arruinado, enquanto tocava sua medalha de proteção com os dedos.

– É verdade. Vocês tiveram muita sorte... – O Príncipe observou as paredes trincadas. – Mas como imaginávamos, se os cristais não forem substituídos, será uma questão de tempo até que o resto desmorone.

A Princesa abaixou-se para pegar uma camélia cujo vaso estava esparramado pelo chão. Embora possuam ramos e folhas resistentes, as camélias são flores muito delicadas. Quando tocadas, se cobrem de manchas marrons. O solo em que são cultivadas deve ser fértil, mas não muito úmido. Se recebem água em excesso, os botões ficam encharcados e jamais se abrem.

— Perdoe-me, meu amado. Você me alertou, eu não quis lhe dar ouvidos, e agora as minhas camélias estão mortas... e o Palácio de Cristal, destruído.

— Não se preocupe. Eu construí esse palácio para você, e vou fazê-lo novamente. Apenas quero que me prometa uma coisa.

— Qualquer coisa, meu Príncipe.

— Você não terá mais nenhuma aventura maluca. Seja no céu, na terra ou no mar!

— Meu Príncipe... eu prometo. Sem mais aventuras malucas — os dois se abraçaram.

O teto aberto do Palácio de Cristal deixaria que a chuva entrasse e encharcasse as centenas de vasos, comprometendo as plantas que haviam sobrevivido. Com a ajuda do marido, a Princesa levou todas as que pôde para os cômodos vazios do castelo, onde ficariam até que todo o cristal trincado das paredes fosse substituído.

O Príncipe encomendou novos cristais de várias partes do reino. Logo, o teto e as paredes do Palácio foram reparados, e as camélias puderam retornar ao seu lugar.

Aos poucos, a vida foi voltando ao normal. Enquanto cuidava de suas flores, a Princesa conversava e lia sonetos para elas, acreditando que cresceriam mais rápido. E, assim, pequenas alegrias voltaram a pulsar em seu coração, apagando devagar a mágoa pelo acidente.

De vez em quando, perguntava-se onde estaria Alberto.

O inventor nunca mais dera notícias, até que, numa manhã de trabalho no Palácio de Cristal, ela ouviu uma voz familiar:

— Psiu! Princesa!

— Alberto?

Aquela sem dúvida era a voz do inventor, mas estava engraçada, parecia vir de dentro de um vaso de porcelana.

— Do lado de fora, no jardim!

Ela caminhou na direção do som, porém não encontrou o inventor.

— Aqui em cima da árvore, Princesa. No galho esquerdo.

— Galho esquerdo? Não há nada no galho esquerdo, Alberto, pare de brincadeiras e...

— O esquilo.

— Hã?

Sobre o galho, havia um pequeno esquilo, que poderia passar despercebido de relance, mas era bem peculiar: tinha o corpo formado por chapas de cobre e madeira pregados. Seus olhos eram negros e redondos, emoldurados por uma armação dourada, semelhante aos óculos de Alberto.

— O esquilo serelepe! — O animal levantou um braço.

— Alberto! Que loucura é essa? Você é o esquilo?

— Não, cara Princesa! Eu apenas o estou controlando remotamente — respondeu Alberto, longe dali, sentado a uma mesa repleta de controles, engrenagens douradas e válvulas expelindo vapor.

— E por que está fazendo isso?

— O Príncipe me proibiu de ir até o castelo depois do... depois do... — o acidente ainda lhe causava vergonha.

— Não se preocupe, Alberto. Eu falarei com meu marido. Você é meu amigo, ele há de perdoá-lo. Agora, venha aqui me ver pessoalmente, esse esquilo está me dando arrepios!

— Obrigado, alteza. Todavia, esse não é o motivo da minha visita. Eu vim lhe fazer um convite.

— Um convite? — Ao ouvir aquelas palavras, a Princesa temeu por suas camélias recém-plantadas.

— Sim, um convite! Mas não é uma nova invenção! Quero lhe mostrar a Encantada.

— Encantada? Quem é essa "Encantada"?

Alberto riu da reação da Princesa:

— "Quem", não, "o quê". A Encantada é a minha casa, fica aí perto.

— Sua casa? Eu nem sequer sabia que você tinha uma casa aqui!

— Na verdade, não tenho. Quer dizer, tenho. Mais ou menos. A Encantada, como o próprio nome diz, é mágica. Ela aparece onde eu quiser.

— Pensei que você não acreditasse em mágica. Você não disse ser um homem da ciência?

— Eu disse que não acredito em maldições, Princesa. Mas este mundo é cheio de coisas mágicas. No fundo, todo homem da ciência sabe disso.

A Princesa pensou por um instante. Ainda que os planos de voltar para casa tivessem sido desfeitos, seria bom voltar a conversar com Alberto.

— Sua casa não vai sair do chão, vai?

— Posso assegurar que não — riu o inventor.

— Não podemos demorar.

— Pois não demoraremos! Apenas me siga... digo, siga o esquilo.

O esquilo desceu o tronco e pôs-se a correr pelo jardim.

Duvidando da própria sanidade, a Princesa o seguiu para fora do jardim do castelo, e partiu rumo à cidade.

As pessoas acharam estranho aquela Princesa correndo desenfreada pelas ruas. Perguntavam-lhe se estava com algum problema, se estava sendo perseguida, e ela só respondia sorrindo ou acenando com a cabeça, tentando acompanhar o esquilo.

Passou pelas ruas, praças e vendas, até chegar a uma simpática ruazinha de pedra que subia um morro em zigue-zague.

— Como é possível, eu moro aqui há tantos anos e nunca havia reparado nessa rua... ou nesse morro.

— Pois minha casa fica, ou melhor, está, logo aí em frente, no número 22! Siga o esquilo, eu vou sair para recebê-la de maneira apropriada.

A rua terminava numa encosta íngreme, onde o número 22 marcava o endereço da única casa dali. Era um simpático chalé branco, de telhado vermelho, com portas e janelas verdes, rodeado por uma estranha escada da mesma cor, cujos degraus pareciam ter sido cortados no meio.

Alberto já estava aguardando a Princesa em frente à casa. Ao ver o criador, o esquilo correu em sua direção, e ganhou dele uma noz.

— Bom garoto, bom garoto. Obrigado, Beto. Agora, vá brincar com seus irmãos!

Segurando a noz o esquilo disparou feliz rumo a uma árvore.

— Alberto, que bom revê-lo — cumprimentou a Princesa.

— O prazer é todo meu, majestade. Vamos subindo? — disse, tomando a dianteira.

Intrigada com a estranha escada que levava até a porta de entrada, a Princesa perguntou:

— O que houve com a escada?

— Não houve nada — riu Alberto. — O primeiro degrau é cortado do lado esquerdo, o segundo do lado direito e assim por diante, para que todos entrem sempre com o pé direito em minha casa.

— Nunca achei que você fosse supersticioso, Alberto!

— E não sou mesmo! Dentro da casa, as escadas começam com o pé esquerdo!

A Princesa estranhou um pouco, mas conseguiu subir aqueles degraus peculiares. Ao chegar à porta, Alberto tirou do bolso uma enorme chave dourada e a introduziu na fechadura. Girou três vezes, como se estivesse dando corda numa caixinha musical. Ao soltá-la, a porta se abriu numa suave harmonia.

— Seja bem-vinda à Encantada!

Bastou a Princesa adentrar a casa para entender por que ela tinha aquele nome. Ainda que por fora não parecesse ter mais que cinco ou seis cômodos, por dentro era maior que seu castelo. O pé-direito alto e as cadeiras e mesas do tamanho de casas sugeriam que aquele era o lar de um gigante. Mas havia outros móveis de menor porte, desde armários que quase remetiam à normalidade a uma diminuta mesa de chá onde dois camundongos elegantemente vestidos tomavam chá.

As mesas e armários se fundiam às paredes, repletas de prateleiras, formando uma única peça com toda a casa.

Animais mecânicos que pareciam saídos de uma loja mágica de brinquedos desceram das prateleiras. Cumprimentaram o inventor e cheiraram, curiosos, o vestido da Princesa.

— Por favor, comportem-se, meus amigos! A Princesa é uma convidada muito especial!

Os animais de cobre e madeira rodeavam a Princesa como crianças numa ciranda. Mais à frente, ela viu outros, como um polvo mecânico que, com seus oito braços, tirava o pó dos móveis.

— As máquinas fazem tudo para você? — perguntou a Princesa.

— Quase tudo. Cuidam da casa, lavam as minhas roupas... só acho uma pena não serem muito boas na cozinha, pois têm dificuldade em identificar sabores... uma vez, confundiram café com óleo de motor!

— Então, quem faz o almoço?

— Eu mesmo, mas nem sempre consigo... Na verdade, passo tanto tempo lembrando de meu sonho que me esqueço da vida...

A Princesa ainda tinha dificuldade em acreditar em seus olhos. Por todos os lados havia invenções que andavam, falavam e dançavam. Os armários eram repletos de livros em línguas mortas, mapas de lugares desconhecidos e instrumentos que podiam medir o infinito.

— Alberto, como você consegue inventar coisas tão incríveis?

Ele respondeu com um sorriso inspirado:

— Inventar é imaginar, Princesa!

Mais adiante, a sala se transformava num enorme bosque, tomado por animais lendários ou extintos, que ela só conhecia pelos livros. Numa fonte, um unicórnio cor-de-rosa tomava água, alheio ao dinossauro vermelho que caminhava atrás dele.

— Vamos, é logo ali na frente — Alberto tirou a Princesa do transe em que se encontrava.

Caminharam até o final do bosque, onde havia uma parede coberta por plantas. Elas ficavam por cima de uma porta de madeira redonda, que se abriu ao simples estalar de dedos de Alberto.

— Queira acompanhar-me — convidou o inventor.

A Princesa o seguiu. Atrás da porta havia uma sala redonda e apertada como o interior de uma torre, sem janelas, com paredes que subiam até o céu.

Ao olhar para cima, ela não conseguiu ver o teto, encoberto por nuvens. No meio da sala, havia quatro finas vigas de madeira, altas como bambus, e, em lados opostos, duas escadas de abrir. Sem dar qualquer explicação, Alberto pôs-se a escalar uma delas.

— Alberto! Que lugar é esse? Não me deixe aqui sozinha!

– Eu jamais a deixaria, Princesa... jamais a deixarei. A outra escada é para você! – respondeu, subindo rapidamente.

– Alberto? Onde você vai? Alberto!

– Nos vemos lá em cima!

O inventor continuou sua subida em direção às nuvens.

A Princesa achou que estivesse num sonho. Como poderia ele ter construído aquela sala, aonde aquelas escadas levariam? Antes que Alberto se machucasse, ela resolveu segui-lo. Tirou os sapatos e segurou firme nos degraus.

– Alberto! Espere por mim! Alberto!

Com as pernas e braços tremendo, começou a subir. Os degraus eram feitos de madeira envernizada, que fazia seus pés cobertos pela meia escorregarem perigosamente. Pensou em tirá-las, mas olhar para baixo lhe dava ainda mais medo. Então subiu, até que viu Alberto na escada oposta, poucos metros acima:

– Vamos logo, Princesa! Falta pouco!

O vento soprava forte e desarrumava seu cabelo, que batia gelado contra o rosto. E depois de tanto subir, a Princesa começou a ficar com mais medo do que encontraria lá em cima do que da queda.

O vento cessou de repente. Ao chegar ao último degrau, ela viu que Alberto estava sentado no topo de sua "escada". Foi quando percebeu que aquilo era uma cadeira.

– Eu mesmo desenhei, são as maiores cadeiras do mundo! – explicou Alberto.

Com dificuldade, a Princesa se sentou. À sua frente havia uma pequena mesa redonda, cujos pés ela havia visto lá embaixo. Esquecendo-se da etiqueta, colocou as duas mãos e segurou-se firme na mesa, que, para seu alívio, não balançou.

— Alberto, o que está acontecendo aqui?

O inventor apenas sorriu, enquanto abria a bolsa. De lá, tirou pratos e travessas de porcelana, taças de cristal e talheres de prata. Posicionou-os simetricamente sobre a mesa.

— Como eu disse, as máquinas cuidam de tudo, menos da minha comida. Preparei tudo com muito carinho.

Então, ele tirou um verdadeiro banquete de dentro da bolsa: como aperitivo, começou com uma vasta tábua de queijos, todos cuidadosamente cortados em cubos e rodelas. O prato principal era composto de ovos cozidos, frango e rosbife. Para sobremesa, uvas, maçãs, cerejas, croissants e até sorvete.

— *Bon appétit*. Não sou muito hábil na cozinha, mas espero que esteja de seu agrado!

— Alberto, eu não estou entendendo! Por que você me fez subir até aqui se só queria almoçar?

— Olhe para baixo, Princesa — disse Alberto, servindo sua bebida favorita, licor, numa grande taça em forma de buquê.

— O quê?

— Apenas olhe.

A Princesa agarrou firmemente a mesa, enroscou as pernas aos pés da cadeira e olhou. E, lá longe, viu o castelo, o jardim e o Palácio de Cristal. Viu as praças e os bosques do reino, viu pessoas andando nas ruas com seus animais de estimação, todos do tamanho de formigas. Viu o rio que cortava a cidade e jovens fazendo piquenique às suas margens. Ao longe, viu montanhas com seus topos cobertos de neve e, na outra direção, o oceano infinito.

Alberto alimentava com migalhas de pão um passarinho que pousara em seu ombro.

— Linda vista, não?

— É... é maravilhoso, Alberto! Muito obrigada por ter me trazido até aqui.

— Isso não é tudo. Olhe com atenção, Princesa. Concentre-se lá no horizonte, depois do oceano.

Ela olhou novamente aquela linda paisagem. Fitou o horizonte e concentrou-se nele.

— O que tem lá?

Alberto não respondeu. Ela tentou fazer sua visão ir mais longe, sem piscar, quebrar as ondas, dividir as águas e percorrer todo o oceano, até encontrar um único pontinho preto, que poderia ser qualquer coisa, uma ilha, um barco. Um nada.

Um pontinho que fez lágrimas surgirem em seus olhos e seu coração ficar quentinho.

Pois aquele era o seu reino.

— Eu a trouxe aqui, Princesa, porque queria que soubesse como vai ser ver o mundo a bordo da Ave de Rapina 2.

17

O grande dia havia chegado. De posse da Pena Dourada, a Princesa finalmente libertaria os escravos.

O reino jamais havia visto tamanha celebração, nem mesmo durante seu casamento. Todos respiravam felicidade, tudo era delírio. Das janelas enfeitadas com bandeiras e arcos de flores, as pessoas acenavam, jogavam pétalas e papel picado. Famílias inteiras choravam de alegria, inimigos de véspera se abraçavam embalados ao som de um batuque coordenado e vibrante. Uma multidão carregando camélias rumou para o castelo e se amontoou no Jardim das Princesas.

A Princesa observava a tudo da janela, emocionada. Apoiando-a, estavam os pais, a Madrinha e o Conselheiro. Era chegada a hora de cumprir seu destino.

Foi então que as portas do salão se abriram num estrondo. Todos presenciaram surpresos a chegada do Príncipe, que se dirigiu à esposa. Temendo a inevitável retaliação do Barão, ele lembrou-a de seus poderes ocultos e lhe pediu que não fizesse aquilo.

Mesmo sabendo dos riscos, a Princesa perseverou. Encarou o marido e disse que tudo ficaria bem. Ele apenas olhou para baixo, balançando a cabeça negativamente.

De lá de cima a Princesa acenou para sua gente no jardim. Orgulhosa, ela exibiu a Pena Dourada capaz de reescrever a história e corrigir as injustiças. O artefato começou a brilhar intensamente, espalhando um brilho dourado por todo o reino.

Primeiro, foram os 103 escravos que trabalhavam no castelo, cujos grilhões se partiram de repente. Depois, foram jovens, velhos, homens e mulheres, famílias inteiras. O som seco das correntes sendo quebradas ecoa em canções até os dias de hoje, lembrando a todos que as cores não tornam as pessoas diferentes, mas o mundo mais bonito.

O reino finalmente estava unido. A guerra sangrenta da qual o Barão tanto falara, foi realizada com flores, sem derramar uma única gota de sangue. E apesar do que se sucedeu, a Princesa jamais sentiu arrependimento.

Naquele mesmo dia, ela recebeu uma visita inesperada: o Barão foi cordialmente cumprimentá-la pela vitória. Ela estranhou o ato de gentileza do rival, que partiu logo em seguida.

Quando chegou à porta do salão, ele virou-se novamente para a Princesa. Encarou-a com olhos frios e lhe rogou uma terrível maldição: ela perderia o trono, depois a família e, por fim, acabaria esquecida pelo seu próprio povo.

Mil tronos agora pareciam um preço barato.

18

osta de café, Princesa? – perguntou Alberto, sentado naquela cadeira gigante entre as nuvens.

– Muito – respondeu a Princesa, do outro lado da mesa. – Especialmente do aroma. Me lembra o nosso reino.

De sua bolsa, o inventor tirou um bule de café bem quente, cujo cheiro inebriante envolveu o ar. Ele serviu a convidada, depois encheu a própria xícara até a metade.

– A mim também. Sabe, Princesa, meu pai era um grande admirador de café. Tinha uma fazenda que cobria todo o horizonte, repleta de máquinas para torrar e moer os grãos. Foi observando todas aquelas engrenagens e válvulas que, ainda criança, eu resolvi me tornar um inventor. Por isso, para mim, café tem cheirinho de infância e descoberta.

Eles ficaram um longo tempo admirando a paisagem enquanto saboreavam aquele café.

– Eu a levarei de volta, Princesa. Eu prometo.

— Quando? — perguntou ela sem desviar os olhos do que via lá no horizonte.

— Um dia.

Foi então que a Princesa se deu conta do horário:

— Eu preciso ir. O Príncipe...

— Naturalmente — disse Alberto dispensando as explicações.

Ela olhou para baixo e viu o longo caminho de volta. Respirou fundo e se preparou para a descida.

— Não se preocupe, Princesa — disse Alberto, passando o guardanapo de pano nos lábios.

O inventor deixou o guardanapo sobre a mesa, pegou seu garfo e bateu levemente sobre a taça de licor, que respondeu em si menor. A mesa e as cadeiras começaram a descer, e quando o som se extinguiu eles já estavam próximos ao chão.

— Por que não fez isto antes? — perguntou a Princesa, revendo seus sapatos poucos metros abaixo.

— Qual teria sido a graça?

A Princesa desceu da cadeira e calçou os sapatos. Com passinhos curtos, caminhou com Alberto até a porta da Encantada, reparando novamente em tudo para tentar reter na memória as imagens daquele lugar mágico.

— Lamento muito não poder levá-la até o castelo. Minha presença ainda é proibida por lá... — lembrou o inventor.

– Não se preocupe, Alberto. Eu me lembro do caminho.

– Preciso voltar ao trabalho. Tenho muito a fazer se quiser terminar a segunda Ave de Rapina.

– Quando eu voltarei a vê-lo, Alberto?

– Princesa, você precisará ser muito, muito paciente.

Ela apenas balançou o queixo.

Comovida com a determinação do amigo, a Princesa pôs a mão no rosto dele. Foi a primeira vez que se tocaram:

– Essas coisas que você faz são maravilhosas, mas você deve tomar muito cuidado! Fico pensando em sua pobre mãe, no quanto ela deve estar preocupada...

Ela tirou do pescoço a joia que a acompanhava desde a infância:

— Esta é uma medalha de proteção que ganhei do Conselheiro quando ainda era bebê. Quero que fique com ela, vai protegê-lo contra acidentes. Use-a na corrente de seu relógio, na sua carteira ou no seu pescoço.

— Mas Princesa...

— Apenas aceite, Alberto. Você precisa dela mais do que eu.

O inventor ficou encabulado com aquele presente tão especial. Atrapalhado, não sabia onde colocá-lo e acabou enrolando no pulso.

— Muito obrigado. Jamais deixarei de usá-la. Eu prometo.

Alberto levantou o chapéu e se despediu.

— Nos encontraremos novamente, Princesa!

E a Princesa voltou para o castelo, caminhando serena por aquela rua de encanto. Atrás de si, Alberto e suas dezenas de assistentes mecânicos acenavam alegremente, enquanto ela se afastava, já sonhando com o momento de revê-los.

Ao chegar em casa, encontrou-se com o marido, que a estava esperando havia horas:

— Princesa! Onde você estava? Mandei procurá-la em todos os cantos da cidade, e as pessoas afirmaram tê-la visto correndo! O que houve?

Ela não quis mentir para o marido, mas também não queria falar sobre Alberto.

— Eu vi um simpático esquilo em nosso jardim e resolvi segui-lo até sua casa...

— Esquilo?

— É, esquilo! O nome era Beto.

E, sem mais, dirigiu-se aos seus aposentos, antes que o intrigado Príncipe fizesse mais perguntas.

Nos dias e semanas que se seguiram, ela aguardou pacientemente pelo retorno de Alberto. Criou uma nova rotina: pela manhã, olhava pela janela para ver se não via uma máquina voadora em formato de pássaro se aproximando. Quando caminhava pelo jardim, procurava esquilos mecânicos. Depois, escrevia cartas ao amigo, perguntando como estava o projeto. Junto às mensagens, enviava farnéis, para que em meio a tanto trabalho ele não se esquecesse de almoçar.

Mas Alberto nunca respondia às mensagens. No início a Princesa achou que ele estivesse ocupado demais para isso, mas, depois de semanas de silêncio, começou a achar que alguma coisa poderia ter acontecido.

Com o coração apertado, ela se dirigiu até o morro onde ficava a Encantada. Subiu a ruazinha de pedra até aquela encosta íngreme, mas, para sua surpresa, lá não havia número 22: somente um terreno baldio, onde o mato crescia em sua desordem natural, e árvores com troncos grossos e retorcidos eram cobertas por um limo úmido.

— Será que sonhei tudo aquilo?

Ela ficou ali parada, revivendo na mente os acontecimentos recentes. A chegada de Alberto, o voo na Ave de Rapina, a visita à Encantada, o almoço nas nuvens. Foi quando ouviu uma voz atrás de si:

— O que você está fazendo aqui?

Era o Príncipe, que a havia seguido desde que saíra de casa.

— Príncipe... eu... eu estou procurando uma... — ela nem sabia se o que estava buscando era real, mas decidiu não mentir. — Vim procurar a Encantada.

— Encantada? Quem é essa?

– Não é "quem", é "o quê". Encantada é uma casa, que ficava bem ali... – e apontou para a encosta.

– Ali onde? Naquela encosta? Ninguém poderia construir nada ali!

– Alberto poderia... – a Princesa deixou escapar.

– Alberto? Eu sabia! Sabia que estava se encontrando com aquele lunático, que só coloca ideias malucas na sua cabeça!

– Não fale assim de Alberto, por favor.

– Quando você vai entender, minha amada? Não há volta, não há máquina voadora ou feitiço capaz de quebrar a maldição do...

A Princesa abaixou a cabeça e sussurrou:

– Maldições são como invenções... só funcionam se você acreditar nelas.

– O quê?

Ela ergueu o queixo e encarou o marido nos olhos:

– Meu Príncipe, por muito tempo eu vivi acomodada, acreditando que minha situação não poderia ser mudada. Mas Alberto me lembrou que vale a pena acreditar no impossível. Mesmo que leve um ano ou cem, eu voltarei para casa. E, quando isso acontecer, eu não espero que me acompanhe ou me entenda, mas, como sua esposa, exijo que me respeite.

O marido não respondeu. A Princesa lhe deu as costas e correu de volta para o castelo.

A partir daquele dia, tudo ficou diferente. Por mais que estivesse disposta a esperar por Alberto, ela resolveu fazer algo por si só. Pegou papéis, tinta e pena e pôs-se a escrever cartazes. Em seguida, espalhou-os pela cidade, colando-os nos muros e distribuindo-os às pessoas, convidando todos a visitar o reformado Palácio de Cristal.

Os visitantes curiosos começaram a chegar, e ficaram admirados com a magnífica coleção de camélias. Lá foram realizadas exposições de quadros e esculturas, e, em meio a elas, a Princesa reviveu outra paixão antiga. Convidou músicos de todo o reino, e por vezes os acompanhava no piano de cauda, em espetáculos memoráveis.

O castelo, que sempre tivera os cômodos vazios, passou a hospedar viajantes que, assim como Alberto, chegavam de seu reino. Alguns estavam perdidos, outros haviam sido banidos e precisavam de ajuda para se estabelecer. Ela ajudou a todos, e seu lar logo se transformou numa verdadeira embaixada, que oferecia a assistência e o abrigo de que os viajantes necessitavam.

— Enquanto eu não puder ir até o reino, o reino virá até mim! — sorriu.

Ao ver o castelo tão cheio e animado pela primeira vez, lembrou-se de uma passagem da infância. Ela caminhava com o pai pelas ruas do reino, sempre recebendo agrados das pessoas:

— "Papaizinho", toda essa gente é o povo? — perguntara.

— Sim, uma parte. O povo de nosso reino é muito, muito maior — respondera o Rei.

— E algum dia esse povo me pertencerá?

— Não, minha filha. Um dia, você é que pertencerá ao povo.

Ela sempre se lembrava do pai com um sorriso. A única mágoa era não ter tido mais tempo ao lado dele.

Com as mudanças no castelo, a vida encheu-se de novidades, ficou mais leve, mais gostosa. E o tempo voou mais rápido, levando consigo angústias e mágoas, trazendo serenidade e contentamento.

E depois de tanto tempo sem conseguir ter filhos, o casal ganhou um menino, que despejou felicidade em suas vidas. Depois disso, a família não parou de aumentar: veio outro e então mais outro.

Os meninos cresceram, os anos passaram e Alberto tornou-se uma doce memória.

Um dia, enquanto a Princesa caminhava pelo jardim, um de seus passos saiu pela metade. Tentou puxar a outra perna, que pareceu estar amarrada a uma corda invisível.

Só mais um pouco, pensou ela. Preciso aguentar só mais um pouco...

Mas foi como se ela andasse e suas pernas tivessem ficado para trás. Ela caiu sobre a ruazinha central do jardim, que arranhou seu rosto e espalhou o gosto de areia em sua boca.

O Príncipe e os filhos correram em seu auxílio:

— Princesa! Minha Princesa! O que houve? – perguntou o marido.

— Meu Príncipe... minhas forças já não são o que eram. Mas meu coração é o mesmo – respondeu, antes de adormecer.

19

Durante os meses que se seguiram ao fim da escravidão, a vida no castelo transcorreu de maneira tranquila. A Princesa, que já era admirada pelo povo, agora era aclamada como a heroína que em breve ascenderia definitivamente ao trono do pai.

Apesar dos resmungos insistentes dos ex-donos de escravos, o poder da Pena Dourada provou-se incontestável, e dessa vez não houve ardil que mantivesse os escravos aprisionados.

A aparente calmaria fez com que a Princesa respirasse aliviada e até se permitisse sonhar com um futuro tranquilo, em que a "maldição" do Barão não passasse do blefe de um mau perdedor. Mas, vez por outra, ao caminhar pelo castelo, ela percebia olhares e sussurros sinistros, anunciando que a tempestade estava se aproximando.

Ela achou que estava tendo um pesadelo quando, uma noite, ouviu urros vindos do Jardim das Princesas, onde, um ano antes, o povo se reunira para celebrar sua mais importante vitória. Sem qualquer resquício de festa ou alegria, o local agora estava tomado por soldados e generais com armas e tochas em punho.

A porta do castelo foi aberta à força e o salão completamente tomado. A Princesa e o marido desceram assustados, e logo foram cercados como criminosos. Mesmo com as pernas trêmulas, o Rei desceu as escadas e encarou os insurgentes, exigindo explicações. E, ao notar que além das armas eles traziam lágrimas nos olhos, percebeu que aquela batalha já estava decidida.

Em seus corações, os soldados permaneciam leais ao Rei e à sua família, mas seus corpos eram marionetes controladas pelo Barão. Eles pediram perdão ao monarca e imploraram que ele não oferecesse resistência, para seu bem e o de sua família.

Temendo um derramamento de sangue, o Rei obedeceu. Então, os soldados reuniram os familiares no salão do castelo, junto aos amigos mais próximos, como a Madrinha e o Conselheiro.

O Barão entrou em seguida, com um sorriso asqueroso no rosto, que enojou especialmente a Princesa. Ele contemplou o choro de seus inimigos derrotados e, com uma palavra, os baniu daquele reino para todo o sempre.

Antes que as lágrimas pudessem secar, os membros da Família Real e seus amigos já estavam na Terra Distante, longe de tudo o que mais amavam, sem posses nem onde morar.

Eles, que sempre viveram cercados de confortos materiais, precisaram recorrer à generosidade alheia para sobreviver, habitando hotéis e moradias alugadas.

As coisas piorariam ainda mais. De tanta tristeza, a Rainha caiu num sono profundo, para nunca mais acordar. A Madrinha, a quem a Princesa amava como uma segunda mãe, também faleceu pouco tempo depois.

E o Rei, que já estava doente havia tempos, não tinha mais forças nem vontade de caminhar. O monarca que tanto amava as palavras deitou sua cabeça num livro, fechou os olhos e partiu ao encontro de sua amada Rainha, declamando seu último soneto.

Ao saberem de sua morte, governantes, feiticeiros, cientistas e artistas de todo o mundo lhe prestaram as últimas homenagens, no enterro que passou completamente despercebido em seu reino natal.

Com a morte de seu grande soberano e amigo, o Conselheiro tornou-se um servo sem Rei. Decidiu então sair em busca de seus ancestrais, partiu numa longa viagem e nunca mais foi visto.

Da Família Real, sobraram apenas a Princesa e seu Príncipe. Em meio a tanta dor e saudade, contaram com a generosidade de outros reis e rainhas, e ao menos puderam se mudar para um novo castelo para recomeçar suas vidas.

Por fim, o reino da Última Princesa tornou-se um país. E sua história virou lenda. Logo, poucos se lembrariam dela.

Apenas alguns homens, como Alberto.

20

—Doutor, me diga logo, por favor! Como ela está? – perguntou o Príncipe, tentando se preparar para o pior.

A Princesa dormia serena em seu quarto. Ao lado da cama estavam o marido, os três filhos e o médico, que avaliava seu estado.

Suando frio, o Príncipe andava freneticamente ao redor da cama. Detia-se apenas para beijar a mão inerte da esposa, e lhe dizer que tivesse coragem.

— Meu caro Príncipe, a condição da Princesa é estável. No entanto, não sei precisar o que causou a paralisia nas pernas ou o desmaio posterior. Tudo o que posso fazer é recomendar que a paciente fique em observação.

— Como assim, "tudo o que posso fazer"? – o Príncipe se enervou. – Qualquer um pode dizer isso!

— Eu sinto muito, caro Príncipe.

— Faça-a acordar, agora! – ele começou a falar cada vez mais alto, o que foi assustando ainda mais seus filhos. – Se não pode fazer nada, chame outro médico, um curandeiro, um feiticeiro, qualquer coisa que...

— Não seja rude com o doutor, meu amado... ele só quer ajudar — murmurou a Princesa.

O Príncipe ajoelhou-se ao lado da esposa:

— Princesa? Você acordou! Tive tanto medo de que...

— Sem medo, meu querido. Sem medo.

A família se abraçou.

Segundo o médico, a condição da Princesa inspirava cuidados, mas felizmente não era fatal. Com muito descanso e o tratamento adequado, talvez um dia ela recuperasse o movimento das pernas.

Ficou de cama por muito tempo, sem poder se dedicar às suas plantas ou tocar piano. Às vezes, para vencer o tédio, escrevia cartas para Alberto, e as enviava mesmo sabendo que não haveria ninguém para recebê-las no número 22 daquela rua do encanto.

Um dia... quem sabe, um dia... ela pensou.

A convalescença foi longa. Com o passar das semanas, suas pernas voltaram a se mexer, e o médico permitiu que ela caminhasse no jardim. Foi a notícia mais feliz que ela ouvira desde o nascimento do primeiro filho.

Aos poucos, ela pôde voltar a cuidar de suas camélias, sempre sob os olhos zelosos do Príncipe e dos filhos, que passaram a acompanhá-la em todas as suas atividades.

Um dia, caminhavam pelo jardim quando, por um segundo, o céu pareceu escurecer. Ela olhou para cima, procurando as nuvens carregadas de chuva, mas não viu nada.

— Que estranho! Vocês viram isso?

— Vimos o quê? Você deve estar cansada — respondeu o Príncipe. — Talvez devêssemos retornar ao castelo.

Voltaram a caminhar, quando o céu escureceu novamente.

– Agora eu vi! – constatou o Príncipe.

– Eu também, eu também! – disseram os filhos.

Eles olharam para cima, e o coração da Princesa disparou. Um enorme ser metálico encobrira o sol por um segundo, enquanto desfilava imponente pelos ares.

Era uma Ave de Rapina, muito diferente da anterior. Agora, ela se parecia com um grifo mecânico, uma fera alada coberta por penas de cobre, com garras afiadas e engrenagens douradas. Alberto estava montado nela, sem nenhum tipo de controle aparente. Ele e a máquina eram um só.

– Alberto! – acenou a Princesa. – Você conseguiu! Você conseguiu!

Alberto apenas acariciou o bigode, sorrindo.

Nem o Príncipe conseguiu disfarçar seu contentamento.

– Não é que o desgraçado conseguiu mesmo? – sorriu.

– Quem é ele, papai? – perguntou o filho mais novo.

– É um velho amigo da mamãe... – respondeu a Princesa.

Os meninos pulavam e festejavam. Nunca haviam visto algo tão bonito.

A Ave de Rapina bateu suas asas mais devagar. Aproximou-se do jardim, deslizando para baixo com a delicadeza de uma pluma, para pousar em completa segurança.

Alberto desceu da máquina. Ergueu o chapéu e se curvou, dizendo as palavras que a Princesa há muito esperava ouvir:

– É hora de ir para casa.

Ela olhou fascinada todos os detalhes da Ave de Rapina. As penas brilhantes, os parafusos aparentes, as garras douradas. Quis subir imediatamente, mas olhou para trás e viu os filhos na frente do marido.

— Meu Príncipe Encantado... meus meninos.

Os olhos dela se encheram de lágrimas.

— Eu gostaria de ficar mais um tempo... — Ela olhou para Alberto, mas foi o marido quem a confortou com um sorriso.

— Vá. Eu cuidarei dos nossos filhos.

A Princesa abaixou-se e abraçou os três meninos. Respirou fundo, tentando engarrafar em seus pulmões o cheirinho de cada um deles.

Olhou para o Príncipe e lembrou-se do dia de seu casamento, o dia mais feliz de sua vida e quase não aconteceu, pois ela havia sido prometida para outro.

A ironia a fez rir em meio às lágrimas, e ela se despediu do marido com um beijo tão bonito que poderia encerrar guerras e acordar deuses. Em seu ouvido, o Príncipe sussurrou uma promessa:

— Nos veremos novamente, daqui a um ano.

Alberto estendeu a mão ao Príncipe. Como antes, foi ignorado. Mas dessa vez, o ex-general levou a mão à testa, em continência:

— Cuide bem dela... soldado.

— Eu prometo... general — Alberto repetiu o gesto.

O inventor montou na Ave de Rapina, para em seguida ajudar a Princesa. Acariciou levemente as penas de cobre e ordenou o voo.

— A mamãe vai viajar, a mamãe vai viajar! — os filhos cantavam ao redor da máquina, tocando suas penas.

A ave ergueu o pescoço e apontou o bico para o sol. Agitou as asas, levantando grama e areia. Abaixou as quatro patas, tomou impulso e partiu. Sem medo, em direção ao infinito, seguida no chão pelos três filhos da Princesa, que gritavam e acenavam para a mãe.

– Adeus, mamãe! Adeus!

Lá do alto, a Princesa via sua família ficando cada vez menor. Aldeias, bosques e prados desfilavam como quadros movediços. As pessoas pareciam formigas; as casas delas, brinquedos. Logo, os únicos sons que podia ouvir eram um longínquo apito de locomotiva e o latido de cães.

O castelo sumiu, dando lugar a plantações e florestas que pareciam uma colcha de retalhos verde e marrom.

– Que visão maravilhosa... – comentou a Princesa.

– É verdade... é porque as coisas são mais belas quando vistas de cima – disse Alberto.

A colcha de retalhos virou um único tecido azul, vibrante como a seda que sua irmã havia usado na peça de teatro em sua infância.

Uma formação de pássaros em V passou a seguir a Ave de Rapina, louvando-a como uma divindade alada, que lhes mostrava o caminho para terras mais quentes.

Depois de muito tempo sobrevoando aquele oceano celeste, o inventor verificou as horas num relógio de pulso. Amarrado a ele, estava a medalha de proteção:

– Princesa, preste atenção, pois veremos um encontro que poucos tiveram o privilégio de testemunhar.

– Como assim, Alberto? Encontro de quem?

– Olhe para trás.

Ela obedeceu e percebeu, maravilhada, o que o amigo queria dizer: aquele era o exato momento em que dia e noite dividiam espaços iguais no céu. Atrás de si, tudo estava claro, e o sol no horizonte tingia as nuvens em tons laranja e vermelho. À sua frente, a lua brilhava, rodeada de estrelas e planetas que enfeitavam o espaço.

Instantes depois, eles haviam mergulhado na noite estrelada. Fazia muito frio, mas nem ele podia tirar o sorriso do rosto da Princesa.

Ela lutou contra o vento gelado que soprava em seus olhos. Não queria perder um segundo daquela jornada mágica, mas logo adormeceu.

— Descanse, Princesa. É uma viagem muito longa — disse Alberto.

Vigilante, o inventor conduziu a Ave de Rapina pelo céu. Estava tão escuro que não era possível dizer o que era cima ou baixo, direita ou esquerda. Alberto contemplou a imensidão vazia e silenciosa à sua volta. Parecia que o mundo havia ido embora e deixado ele, sua Princesa e sua máquina para trás.

Milhas e milhas depois, aproximaram-se do amanhecer seguinte, que tingia levemente o horizonte de roxo e laranja. Alberto anunciou:

— Alteza, estamos quase lá!

A Princesa despertou de sobressalto. Abaixo de si, era como se o planeta inteiro tivesse se convertido num silencioso deserto de sal, que esculpia planaltos e montanhas escaladas pela sombra da Ave de Rapina.

Com um comando de Alberto, a máquina trouxe as asas junto ao corpo e mergulhou naquele branco infinito. A Princesa sentiu-se solta no ar, e teve que se agarrar firmemente às penas de cobre para não ficar para trás.

— Alberto? Alberto! — gritava a Princesa, já imaginando que de nada adiantaria. Então, sentiu em sua boca um gosto docinho e bem familiar.

— Jabuticaba?

E ela finalmente descobriu que gosto tinham as nuvens.

A Ave de Rapina ficou imersa naquela brancura gelada por vários minutos. Quando finalmente saiu, a Princesa voltou a sentir o calor do sol. E, logo abaixo, estava aquilo com que, havia tanto tempo, sonhara.

Mar e montanha se misturavam como pinceladas numa tela. O azul das águas se transformava em verde com o movimento das ondas, explodindo em branco e amarelo-ouro na praia. E, além da areia, ela localizou os morros, as casas e ruas de seu reino.

A Ave de Rapina continuou a descida. Nas ruas e nas janelas, as pessoas olhavam para cima. Um apontou, gritou e avisou o outro, e, de repente, todos estavam acenando, assobiando e celebrando.

— Ela voltou! A Princesa voltou! — gritavam nas ruas.

Depois de sobrevoar toda aquela cidade de maravilhas, a Ave de Rapina inclinou levemente as asas e deu meia-volta em direção ao mar.

— Prepare-se para o pouso, Princesa.

— Na água? Vamos pousar na água?

Alberto riu daquela conclusão precipitada. Reduziu a velocidade e voltou novamente, cada vez mais baixo, num voo rasante sobre o mar.

E quando a água começou a respingar gelada no rosto da Princesa, a Ave de Rapina abaixou os pés para em seguida cravá-los no chão que surgia logo à frente. Correu, vitoriosa, sobre um lindo tapete de flores, abrindo as asas e diminuindo a velocidade até parar por completo.

O povo correu para recebê-la, e logo uma multidão cercou os aventureiros.

A Ave de Rapina curvou o pescoço, por onde Alberto escorregou, seguido pela Princesa. Em agradecimento, ela beijou o bico e acariciou as penas de cobre da ave, que abriu as asas e sibilou em celebração.

— Bem-vinda de volta, Princesa! — disse Alberto, segurando o chapéu em seu peito, antes de se curvar e reverenciá-la. — Bem-vinda ao seu reino.

Diante dela, uma enorme fila se formou, composta de 103 ex-escravos, os primeiros 103 que ela libertou no dia em que recebeu a Pena Dourada. Todos beijaram sua mão — e ela lembrava os nomes de todos.

Sentiu um toque quente em seu ombro. Olhou para trás, e todo mundo estava lá: o Rei e a Rainha, a irmã, Gamba, a Madrinha, o Conselheiro e todos os seus amigos, com lágrimas nos olhos, um sorriso nos lábios e a cabeça erguida.

A maldição foi quebrada.

E a Última Princesa retornou ao seu reino.

Agradecimentos Especiais

Aos meus pais, Eiji e Satsue, que como os pais da Princesa, forjaram meu caráter com ternura e disciplina.

A Eduardo Spohr, Alexandre Ottoni e Deive Pazos, Leonardo Yabu, Mariana Della Barba, Marcelo Forlani, Lia Tumkus, Tomás Buteler e Alexandre Ferrer, que ouviram essa história muito antes de ela nascer e retribuíram com entusiasmo e um brilho nos olhos que me deu forças para seguir adiante.

E a cada um dos leitores e leitoras que acompanharam meus sonhos e aventuras ao longo dos anos.

Bibliografia

LIVROS:

Princesa Isabel do Brasil - Roderick J. Barman
Isabel, a "Redentora" dos escravos – Robert Daibert Junior
Asas da Loucura – a extraordinária vida de Santos Dumont
   – Paul Hoffman
1808 – Laurentino Gomes
1822 – Laurentino Gomes
Os meus balões – Alberto Santos Dumont
O que eu vi, o que nós veremos – Alberto Santos Dumont

SITES:

http://www.idisabel.org.br/
http://fatosdobrasilimperio.blogspot.com
http://www.fab.mil.br
http://www.vidaslusofonas.pt
http://wikipedia.com
http://Santos-Dumont.net

Nota do Autor

As virtudes de seu coração e o amor deste país são o seu melhor diadema e suas joias mais caras.
(Machado de Assis, sobre a Princesa Isabel. *Diário do Rio de Janeiro*, outubro de 1864)

Em 1901, cinco anos antes do célebre voo do 14-Bis (conhecido na França como "Oiseau de Proie – Ave de Rapina"), Santos Dumont já fazia suas peripécias aéreas pelos céus de Paris. Por diversas vezes ele vira a morte de perto, e no cabalístico dia 13 de julho ele decidiu encará-la novamente. A bordo de seu balão de Nº 5, o "brasileiro voador" circulou a Torre Eiffel diante dos olhares admirados dos parisienses, enfrentando uma forte corrente de ar que o fez consumir seu combustível mais rápido do que imaginara.

Sem combustível suficiente para voltar ao chão, o invento ficaria à mercê dos fortes ventos que sopravam naquele dia. Temendo pelo pior, Santos Dumont precisou rasgar o invólucro de seda do balão, forçando assim sua descida. O que o aventureiro jamais poderia imaginar é que ele cairia numa árvore próxima à residência de outra célebre moradora de Paris: a condessa D'Eu, Princesa Isabel. Ao saber que um de seus conterrâneos mais famosos estava preso na copa da árvore, a filha de D. Pedro II prontamente ordenou que seus criados lhe levassem uma suntuosa cesta de piquenique, com um convite para o jantar.

A Princesa já vivia na França havia 12 anos, desde que fora banida junto à sua família pelo golpe militar que tornou o Brasil uma república. No exílio, ela perdera a mãe, a Imperatriz Teresa Cristina, que morrera de tristeza poucos dias após a chegada à Europa, e o pai, D. Pedro II, dois anos depois. Sonhando com o dia em que voltaria para casa, a Princesa jamais deixou de amar seu país, e transformou seu novo lar, o Castelo D'Eu, numa embaixada informal para brasileiros. Foi lá que ela ofereceu o jantar que marcou para sempre a vida de Santos Dumont – e inspirou este livro.

Muitas das passagens e diálogos que você leu aqui aconteceram de verdade, e só puderam ser escritos graças ao trabalho de pesquisadores dedicados como Robert Daibert Jr. e Roderick J. Barman, autores de duas excelentes obras sobre a Princesa. Paul Hoffman fez o mesmo por Santos Dumont, e seu extenso trabalho de pesquisa me serviu de guia para desconstruir o mito e em seguida construir "Alberto".

Nas próximas páginas, você verá os locais, pessoas e objetos que inspiraram esta fábula. Alguns dos fatos mais surreais do livro tiveram um paralelo muito semelhante com a vida real, que se revelou tão fascinante quanto a ficção.

Espero que tenha gostado do livro. Escrevê-lo foi uma experiência emocionante, na qual redescobri o Brasil e, o mais importante, que a História, com H maiúsculo, não é como o tronco e os galhos de uma árvore, quase imutáveis – mas sim como suas folhas e frutos, que crescem e caem continuamente.

Mal posso esperar para saber o que você tem a dizer. Em meu site (www.yabu.com.br/blog) você pode mandar um e-mail. Pode levar alguns dias, mas pode ter certeza, eu respondo a todos os meus leitores e leitoras. Também estou no Twitter: @fabioyabu.

FÁBIO YABU

D. Pedro II, que inspirou
"o Rei" desta história.

A Princesa Isabel, que inspirou a Princesa.

Imperatriz Teresa Cristina, mãe da Princesa Isabel.

A Lei Áurea, que libertou os escravos do Brasil em 1888.

A Princesa com Gastão de Orleans, o Conde D'Eu, seu "Príncipe Encantado".

A "Madrinha", Luísa Margarida Portugal de Barros (Condessa de Barral), e o filho Dominique.

Pacheco, Phot

Pacheco Phot

LEON CHAPELIN

Conde d'Eu

Conde D'Eu, o eterno amor da Princesa.

D. Leopoldina, princesa do Brasil.

Augusto, Duque de Saxe.

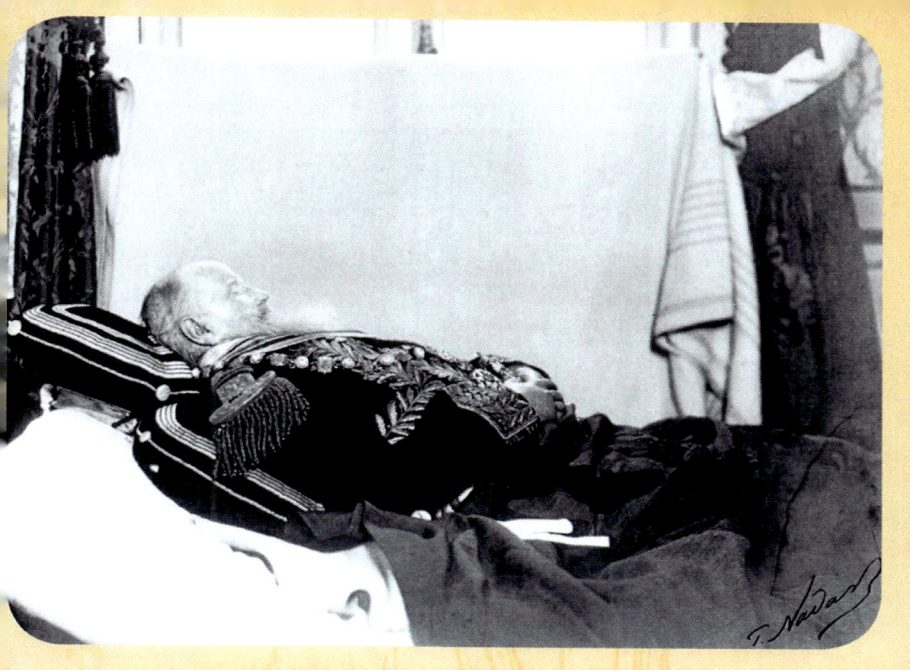

A morte do Imperador D. Pedro II.
Debaixo do travesseiro foi colocado um livro.

A Princesa
(sentada)
com a irmã
mais nova,
Leopoldina.

O verdadeiro Palácio de Cristal, em Petrópolis.

Alberto Santos Dumont, considerado o pai da aviação, que inspirou o sonhador Alberto e sua Ave de Rapina.

Santos Dumont, em um de seus famosos
"jantares aéreos" em Paris.